KB182541

# 말을 왜 그렇게 해?

신다미 안정호 조혜주 필
송지원 윤혜영 소지영 이소희 임은미

직장 내에서 실력자로 평가받는 부장 L씨는 언제나 거침없는 발언으로 유명했다. 회의 중 한 직원이 밤새 준비한 기획 자료를 발표하자마자, L씨는 냉랭한 목소리로 쏘아붙였다. "이게 당신이 밤새 준비한 결과물입니까? 솔직히 말해, 이 정도면 내 조카가 더 잘하겠네요. 시간 낭비하지 말고 다시 만들어 오세요."

순간, 회의실의 공기는 얼어붙었고, 발표하던 직원은 당혹감을 감추지 못했다. 그러나 L씨는 아무렇지도 않다는 듯, "난 솔직해서 이렇게 말하는 겁니다. 가식적으로 돌려 말하는 건 내 성격에 안 맞아요"라며 자신을 정당화했다.

L씨의 발언은 단지 냉정함을 넘어 무례함으로 해석되었지만, 그는 이를 "솔직함"으로 포장하며 자신의 태도를 합리화했다. 시간이 흐를수록 동료들의 불만은 커졌고, 팀의 사기는 점점 떨어졌다.

회의에서 받은 상처가 깊어진 직원들은 한동안 그 자리에 묶인 듯 침묵했다. L씨는 무례함과 솔직함을 혼동하며, 상처를 주는 발언이 마치 진정성 있는 소통인 것처럼 착각하고 있었다. 이러한 상황이 반복될수록 팀 내 분위기는 날로 악화되었다.

이와 비슷한 상황은 연예인 A씨의 경우에서도 볼 수 있다. A씨는 오랜 시간 대중의 주목을 받아온 인물로, 솔직한 성격 덕분에 큰 화제를 모았지만, 때로는 그 직설적인 발언이 주변 사람들과의 갈등을 초래하기도 했다. 그는 최근 한 심리 상담 프로그램에 출연해, 자신의 솔직함이 어떤 문제를 일으켰는지 고백했다.

A씨는 자신이 SNS에 자주 사적인 모습을 적나라하게 공유하며, 일상에서도 생각한 바를 거리낌 없이 표현한다고 밝혔다. 한 번은 고급 레스토랑에서 식사를 하던 중, 음식이 마음에 들지 않자 "이거 너무 못 만들었다, 이렇게 비싼 돈을 받으면서 이런 음식을 내놓다니"라며 공개적으로 비난한 적이 있다고 고백했다.

함께 있던 사람들은 당황했지만, A씨는 자신의 의견을 솔직하게 표현하는 것이 중요한 덕목이라 믿었다고 한다. 이러한 성향은 그가 출연한 한 토크쇼에서도 문제가 되었다. A씨는 방송에서 자신의 경험을 바탕으로 결혼과 이혼에 대한 이야기를 나누다가 지나치게 직설적인 발언을 했다.

특히 외도 문제를 다루던 중, "외도는 이혼의 가장 가벼운 사유다. 충분히 참을 수 있는 문제다"라고 말하며 출연진들 사이에 큰 논란을 일으켰다. 결국 그는 프로그램에서 하차해야 했다.

이 상담에서 오은영 박사는 A씨에게 중요한 조언을 건넸다.

"A씨가 주인공인 자리에서는 솔직한 표현이 문제가 되지 않지만, 다른 사람이 주인공인 상황에서는 상대방의 입장을 고려해야 합니다. 자신의 경험만을 토대로 한 솔직함은 오히려 상대방에게 상처를 줄 수 있습니다."

그녀는 덧붙였다. "솔직하지 않은 게 가식이라 생각할 수 있지만, 상대방의 입장을 배려하며 부드럽게 표현하는 것도 솔직함의 한 방식입니다. 상대방의 감정을 고려하는 것이 중요합니다."

A씨는 자신의 발언이 상대방에게 상처를 줄 수 있다는 사실을 깨닫고, 이를 개선할 필요성을 느끼게 되었다.
무례함을 솔직함으로 착각하는 사람들은 흔히 자신을 정당화하며, 다른 사람의 감정이나 상황을 고려하지 않는 경우가 많다.

이들은 '나는 원래 솔직한 사람'이라는 말을 방패 삼아 무례한 행동을 정당화한다. 그러나 진정한 솔직함은 상대방을 배려하고, 상대방의 감정을 상하지 않게 하면서도 자신의 의견을 전달하는 것이다.

결국, 솔직함이란 말은 타인을 상처 주는 도구가 되어서는 안 되며, 오히려 건강한 소통과 공감을 이끄는 도구가 되어야 한다.

L씨와 A씨처럼 무례함을 솔직함으로 포장하는 행동은 주변 사람들에게 상처를 주고, 관계를 악화시키는 결과를 낳는다.

인간관계에서 가장 중요한 것은 상대방에 대한 존중과 배려다. 가식적이지 않으려는 마음은 좋은 출발점일 수 있지만, 그 과정에서 다른 사람의 감정을 존중하지 않는다면 그 솔직함은 독이 될 수 있다.

**결국, 무례함을 솔직함으로 착각하는 것은 인간관계에서**

가장 흔한 실수다. 우리는 솔직함이 진실을 말하는 최선의 방법이라고 믿지만, 상대방의 마음을 헤아리지 못한 솔직함은 오히려 깊은 상처를 남긴다.

진정한 소통이란 직설적인 말이 아닌, 상대를 이해하고 배려하는 데서 시작된다. 이제, 그 배려 속에서 어떻게 더 따뜻하고 깊이 있는 관계를 만들 수 있을지 함께 알아보자.

- 비책 출판사

# 차례

프롤로그            4

## 시작 하기 전에

위험한 사람을 알아보는 10가지 신호     17

무례한 사람에게 대처하는 방법     27

사적인 걸 꼬치꼬치 캐묻는 사람     32

감정적으로 거리를 두라     37

만만하게 보는 사람에게 대처하는 법     43

교묘한 사람에게는 틈을 주지마세요     47

함부로 평가하는 사람에게 대처하는 법     52

관계에서 자신을 잃지 않는 방법     57

감정 쓰레기통이 되지 않으려면     62

좋은 사람이 되는 것에 집착하지마세요     68

때로는 눈치 없는 척 하라     74

## 신다미

작은 기다림이 가져온 변화                    83
나에게 가장 먼저 들려주는 말                 88
무심코 던진 돌에 누군가는 상처 받는다        92


## 안정호

화술을 통한 가치 어필의 중요성              99
객관화로 말하는 능력 키우기                 105
상대를 고려한 표현의 중요성                 110
상대를 100% 설득하는 빌드업 능력           115

## 조혜주

'경청'해라. '멍청'하고 싶지 않다면     121

말은 인격입니다     128

괜찮아요. 난 안 괜찮아요     136

실수, 성장의 밑거름     140

숫자가 주는 힘: 명료함, 신뢰, 그리고 기대     146

## 필

포커페이스 : 관계를 지키는 기술     159

정상회담 : 세기의 만남     167

콜포비아 : 불완전함 속의 용기     174

손절: 나를 지키는 기술     180

사람의 마음을 얻는 법: 진정성과 구체성     184

**송지원**

말의 힘 191

긍정과 칭찬의 언어 197

위로의 말 204

가까울수록 조심해야 한다 209

말투는 관계를 바꾼다 213

**윤혜영**

언어재활사가 말하는 말의 기술 221

사실과 감정을 모두 담아 듣는 법 : 글리머 이론 228

인간관계도 운동처럼 연습이 필요하다 233

## 소지영

습관적으로 "아니"라는 말이 나온다면     243
맞아, 난 잘해     249
성공을 부르는 소통     254
관계를 오래 유지하고 싶을 때     260

## 이소희

칭찬은 긍정의 바람개비     267
실수는 괜찮아, 그 후가 더 중요해     271
상대의 마음을 여는 간단한 방법     277
거친 말을 다듬는 법: 부드러움의 미학     283
갈등을 예방하는 현명한 대화법     288

# 임은미

부모의 마음, 아이의 반응       295

관계의 선물: 주고받는 진심       301

진부하게도 말과 믿음이 전부를 결정한다       306

아이에게 물려주는 건강한 언어 습관       310

# 무례한 사람에게 대처하는 방법

# 위험한 사람을 알아보는
# 10가지 신호

　우리가 인생에서 겪는 수많은 관계 속에서, 어떤 사람과의 만남은 우리를 웃게 만들고 성장하게 한다. 하지만 그 중엔 나를 힘들게 하고, 나도 모르게 나의 에너지를 빼앗아 가는 사람이 있다.

　너그럽게 이해하려고 해도, 끝없이 상처만 남기게 되는 관계들. 특히 회사에서나 친구 관계에서 겪는 이런 사람들은 나의 하루를 무너뜨리기도 한다.

　가끔 직장에서 동료가 던진 한마디에 온종일 마음이 불편하고, 잘 알지 못했던 누군가의 의도적인 행동에 며칠간 기분이 가라앉는 경험은 누구나 한 번쯤 해보았을 것이다. 문제는 이런 사람을 쉽게 알아채기 어렵다는 점이다.

그들의 겉모습은 보통 평범해 보인다. 하지만 그 속을 들여다보면, 우리를 위험에 빠뜨릴 수 있는 많은 신호들이 숨겨져 있다.

## 1. 공감 능력이 부족하다

타인의 고통에 무감각한 사람은 위험하다. 누군가 힘들어하거나 아파할 때 그저 시큰둥하게 대하거나 오히려 비웃는 사람은 공감 능력이 부족하다.

어려운 상황에 있는 동료에게 "그건 별일도 아니잖아"라고 가볍게 넘기거나, 누군가의 아픔을 대수롭지 않게 여기는 태도는 경계해야 한다.

이들은 타인의 감정에 관심이 없기 때문에 상대방의 고통에 무심하며, 결국에는 상대에게 깊은 상처를 남긴다.

## 2. 끊임없이 조종하려 한다

조종하는 사람들은 매우 교묘하게 행동한다. 처음에는 친절하고 도움이 될 것처럼 다가오지만, 점점 자신이 원하는 방향으로 상대를 이끌려 한다.

그들은 상대방의 생각이나 감정을 조작해 혼란스럽게 만들고, 결국 자신에게 유리한 행동을 하도록 유도한다.

그 사람과의 대화를 돌아봤을 때, "왜 내가 이 결정을 하게 됐지?" 또는 "어쩌다 보니 그 사람 말대로 행동하고 있네"라는 생각이 자주 든다면, 당신은 이미 그들의 조종에 휘말린 것일 수 있다.

## 3. 항상 피해자인 척한다

자신의 잘못을 절대 인정하지 않고 언제나 다른 사람을 탓

하는 사람도 주의해야 한다. 이들은 문제가 발생하면 그 원인이 항상 타인에게 있다고 주장하며, 자신은 억울한 피해자라는 태도를 취한다.

직장에서 실수를 저지르고도 "네가 이렇게 해서 내가 피해를 봤어"라며 남에게 책임을 돌린다. 그들은 자신의 책임을 회피하며, 항상 피해자 코스프레로 상대방을 지치게 만든다.

## 4. 거짓말을 습관처럼 한다

거짓말을 일삼는 사람은 진실에 관심이 없다. 처음에는 작은 거짓말로 시작하지만, 시간이 지날수록 거짓과 진실의 경계가 무너진다.

그들은 자신이 만들어낸 거짓말 속에 살며, 결국 주변 사람들까지 혼란에 빠뜨린다.

"이 사람 말이 정말 맞는 걸까?"라는 의문이 들기 시작하면,

그 사람은 이미 수많은 거짓말을 해왔을 가능성이 높다. 신뢰가 무너지는 순간, 관계도 함께 붕괴된다.

## 5. 남을 지배하려는 욕망이 강하다

지배욕이 강한 사람은 특히 약자를 대상으로 삼는다. 그들은 상대방을 통제하고, 자신의 뜻대로 움직이게 하려는 욕망이 크다.

대화 중 항상 자신의 의견을 강요하거나, 상대의 의견을 무시하는 태도를 보인다.

"너는 내 말대로 하는 게 맞아"라는 식으로 상대방을 끌어내리려 하며, 그들의 목적은 결국 상대를 자신의 통제 하에 두는 것이다.

이런 관계는 절대 대등하지 않으며, 시간이 지날수록 그들의 지배욕은 더 강해진다.

## 6. 죄책감을 느끼지 않는다

다른 사람에게 상처를 주고도 전혀 후회하지 않는 사람은 매우 위험하다. 그들은 잘못을 저질러도 아무런 죄책감을 느끼지 않으며, 들켰을 때만 화를 낸다.

"내가 뭘 잘못했는데?"라고 뻔뻔하게 반응하며, 자신의 행동에 대해 책임을 지려 하지 않는다.

그들에게 상처받은 사람은 고통 속에 남겨지지만, 이들은 그저 무심하게 다음 행동으로 넘어갈 뿐이다. 이런 사람과의 관계는 끝없이 상처만 남긴다.

## 7. 항상 갈등을 일으킨다

어딜 가든 갈등과 드라마를 만드는 사람은 경계해야 한다. 그들은 평화로운 상황을 불편해하며, 의도적으로 문제를 일으키려 한다.

직장에서든, 친구 모임에서든 그들이 있는 곳엔 언제나 불화와 다툼이 따라온다.

처음에는 우연처럼 보일 수 있지만, 반복적으로 갈등이 발생한다면 그 사람 자체가 문제일 가능성이 크다. 그들과의 관계는 결국 불안정한 환경 속에서 지친 상대방만 남긴다.

## 8. 경계를 존중하지 않는다

타인의 경계를 존중하지 않는 사람은 자신이 원하는 것을 위해 상대방의 한계를 끊임없이 시험한다. 그들은 상대방의 사적 공간이나 감정적인 한계를 침범하며, 이를 통해 얼마나 멀리 갈 수 있는지를 알아보려 한다.

가까이 지내면서 사적인 영역이 무시당하는 느낌이 들기 시작하면, 그들은 이미 당신의 경계를 넘어선 것이다.

이들이 경계를 넘는 순간부터는 관계의 균형이 무너지며, 그들은 점점 더 큰 침범을 감행할 것이다.

## 9. 감사하지 않는다

도움을 받아도 그저 당연하게 여기는 사람은 자신이 모든 것을 받을 자격이 있다고 생각한다.

그들은 타인의 도움이나 배려에 감사를 느끼지 않으며, 모든 것을 당연한 권리처럼 여긴다.

그들에게 도움을 줄수록 그들은 더 많은 것을 요구하며, 그에 대한 보답이나 감사는 기대할 수 없다. 결국 이런 사람들과의 관계는 일방적이 되어 상대방을 지치게 만든다.

## 10. 다른 사람의 약점을 이용한다

타인의 약점을 자신의 이익을 위해 이용하는 사람도 주의해야 한다. 그들은 상대방의 취약점을 파악하고, 이를 교묘하게 이용해 자신이 원하는 결과를 얻으려 한다.

처음에는 친절하게 다가와 상대의 약점을 알아내지만, 나중에는 이를 무기로 삼아 조종하거나 협박을 한다. 이들과의 관계는 불균형적이며, 언제든 상대방은 그들의 도구로 전락할 수 있다.

우리가 매일 마주하는 사람들 중에도 이런 신호를 가진 이들이 있을 수 있다. 문제는 그들의 겉모습은 평범하고 때로는 친절하게 다가온다는 점이다.

하지만 이들이 보내는 경고 신호를 무시하지 않고 경계하는 것이 중요하다. 관계 속에서 나를 지키고, 불편한 상황에서는 과감하게 거리를 두는 것이야말로 건강한 관계를 유지하는 방법이다.

위험한 사람들과의 관계는 시간이 지날수록 우리를 지치게 하고, 나아가 심리적으로도 큰 상처를 남긴다.

결국 중요한 것은, 이들의 신호를 일찍 포착해 나 자신을 보호하고 관계를 정리하는 결단력을 가지는 것이다.

사람을 믿고 관계를 맺는 일은 소중하지만, 때로는 나 자신을 먼저 생각하는 것이 더 중요하다는 것을 잊지 말아야 한다.

# 무례한 사람에게 대처하는 방법

"너 요즘 살쪘네?" 그 한마디에 분위기가 순식간에 얼어붙었다. 친구들과의 즐거운 저녁이었다. 맛있는 음식을 나누며 웃고 떠들던 그 순간, 불쑥 나온 그 말에 갑자기 목구멍이 턱 막혔다.

머릿속은 복잡해지고, 웃어넘기려 해도 어색한 미소만 남았다. 왜 이런 말을 들어야 하나, 나는 정말 그렇게 보이나 싶었다. 그 순간, 수많은 생각들이 마음을 어지럽혔다.

누군가의 외모에 대한 무례한 지적은 사실 그 사람의 불안과 얕은 자존감에서 비롯된다. 그 말을 뱉은 사람도 자신의 결점을 감추기 위해 타인을 깎아내리는 거다. 일례로, 한 친구가 항상 다른 사람의 외모에 대해 지적을 하던 적이 있었다.

알고 보니 그 친구는 자신이 살에 대해 가지고 있는 콤플렉스를 감추고자 다른 사람을 깎아내리곤 했던 것이다. 이런 지적은 결국 자신의 불안과 결점을 덜어내기 위한 수단에 불과하다.

그 순간 나를 작아지게 만드는 건 상대의 목적일 수도 있다. 그러니 그 말에 얽매일 필요가 없다.

"사람마다 보는 눈이 다르지" 하고 가볍게 넘기거나, 아예 대답하지 않고 대화를 돌려버리는 것도 좋다. 예를 들어 "그건 그렇고, 너 요즘 어떻게 지내?"라며 자연스럽게 화제를 바꾸면 상대도 더 이상 이어서 물어볼 수 없을 것이다.

이런 식으로 상황을 전환하면 내가 짊어져야 할 부담을

덜어낼 수 있다. 그 짧은 순간의 무게를 내가 다 짊어질 필요는 없다.

이런 말에 무너지지 않기 위해서는, 내 안의 중심을 잡는 것이 중요하다. 외모는 언제나 변하는 것이고, 누군가의 기준에 맞추기 위해 살아가는 것은 끝없는 소모전일 뿐이다.

그보다는 내가 나 자신을 어떻게 바라보는지가 훨씬 중요하다. 나 자신을 바라보는 방식이 내 삶의 질을 결정한다.

예를 들어, 스스로에게 '나는 충분히 괜찮은 사람이다'라고 되뇌며 내면을 다독이는 것도 좋은 방법이다.

결국, 외모 지적에 대처하는 최고의 방법은 그저 나답게 있는 것이다. 나 자신을 받아들이고, 내면의 강점을 키우는 데 집중하는 거다.

사람은 외모보다 더 큰 무언가로 기억되기 마련이다. 우리는 누군가의 따뜻한 말 한마디, 진실된 눈빛, 그리고 그 사람만이 가진 독특한 매력을 더 오래 기억한다.

예를 들어, 친구 중 한 명은 매번 유쾌한 웃음과 재치 있는 말투로 모두를 즐겁게 했는데, 정작 외모에 대한 지적은 아무도 기억하지 못했다.

그 친구의 웃음과 말투는 모두의 마음에 오래 남았다. 그러니 외모에 대한 지적은 잠깐의 바람처럼 흘려보내고, 더 중요한 것들에 마음을 쏟아야 한다. 내 삶을 아름답게 만드는 것들은 결코 타인의 평가 속에 있지 않다.

다음에 또 누군가가 내 외모에 대해 무례한 말을 던진다면, 그냥 웃으며 돌아서자. 그 말은 내 것이 아니고, 나는 이미 충분히 멋진 사람이니까. 그저 '저 말은 상대의 문제일 뿐이지, 내 문제가 아니야'라고 생각하면 된다.

당신도 알고 있지 않은가? 진짜 중요한 건, 내가 나를 어떻게 느끼느냐는 거다. 나를 깎아내리려는 사람들의 말에 흔들리지 않고, 내 자신을 있는 그대로 받아들이는 것이야말로 진정한 강함이다.

# 사적인 걸 꼬치꼬치 캐묻는 사람

누군가의 불쑥한 질문으로 마음이 찌푸려질 때가 있다. "요즘 돈은 좀 어떻게 벌고 있어?" 혹은 "연봉이 얼마야?"라는 질문을 받으면, 어색함이 온 몸을 타고 흐른다.

대부분의 사람들은 이런 질문에 적절한 대응을 찾지 못하고 머뭇거리다, 그저 웃으며 어물쩡 넘어가곤 한다. 그러나 이 상황은 단순한 어색함 이상이다. 개인적인 영역을 넘어선 무례함은 경계를 설정해야 한다.

돈 이야기는 사적인 영역이다. 이것은 누구에게도 침범

받기 싫은 내 삶의 일부다. 하지만, 때로는 사람들이 이런 경계를 무시하고 깊숙이 파고들어 무례한 질문을 던지기도 한다.

"넌 월급이 얼마나 되는데?" 같은 질문에 멍해진 경험이 있는가? 이럴 때 필요한 것은 짧고 단호한 답변이다. 간단히 그러나 확실히, 내 경계를 표현할 수 있는 말이 필요하다.

예를 들어 "그건 사적인 부분이라 이야기하지 않는 편이야."라고 답한다면, 상대방도 알아들을 것이다. 단순하지만, 이 말은 내 경계를 지킬 수 있는 강력한 도구다.

일례로 친구 모임에서 이런 상황을 경험한 적이 있었다. 모두가 웃고 떠들며 좋은 시간을 보내던 중, 누군가 불쑥 내게 질문을 던졌다. "너 그 일로 얼마 벌었어?" 순간 공기가 묘하게 달라졌다.

그 자리에서 나는 짧게 답했다. "그건 나만 알고 있는 거야." 웃으며 답했지만, 내 말 속에는 분명한 선이 그어져 있었다.

그 대답 뒤로는 더 이상 재정 상황에 대한 질문은 나오지 않았다. 간결한 경계 설정이 대화의 흐름을 부드럽게 유지하면서도 내 프라이버시를 지키는 데 충분했다.

비슷한 상황에서 또 다른 친구는 대화를 유연하게 풀어나가는 방법을 선택했다. "그건 좀 사적인 부분이라 말하기 어렵네. 그런데 너는 요즘 어떤 재미있는 일 있어?"라며 자연스럽게 화제를 전환했다.

이런 대화 전환은 상대방에게 무례하다는 느낌을 주지 않으면서도 내 영역을 지킬 수 있는 효과적인 방식이다. 상대방도 이런 선을 느끼고, 더 이상 불편한 질문을 하지 않게 된다.

사람들은 종종 상대의 반응을 예상하지 못하고 무심코 질문을 던진다. 경제적 상황을 물어보는 것은 마치 상대의 감정이나 관계 상태를 갑자기 묻는 것처럼 부담스럽다.

상대가 어디까지를 허락하는지 알지 못한 채로 파고드는 질문은, 상대방에게 깊은 불편함을 줄 수 있다. 그렇기에 우리는 경계를 설정하는 법을 익혀야 한다.

경계란 상대를 멀리하려는 것이 아니라, 서로를 존중하는 선을 그려두는 것이다.

경계 설정은 반드시 날카롭거나 차가울 필요는 없다. 오히려 따뜻하고 유연하게 다가갈 수 있다. "재정 상황에 대해서는 개인적으로 두는 편이야.

그런데 너 요즘 어떤 계획이 있어?"라고 말한다면, 단호하게 경계를 표시하면서도 대화의 흐름을 끊지 않을 수 있다.

상대가 무례함을 느끼지 않게 하면서도 내 프라이버시를 지키는 방법이다. 결국 대화의 목적은 서로의 안부를 묻고, 관심을 나누는 것이지 상대를 불편하게 만드는 것이 아니기 때문이다.

　이러한 경계를 설정하는 일은 쉽지 않다. 특히 가까운 사람일수록, 그들에게 실망을 주고 싶지 않다는 마음에 더욱 어려울 수 있다. 하지만 나의 마음을 지키기 위해서는 때로 단호한 태도가 필요하다.

　무례한 질문을 받았을 때, 부드럽지만 단호하게 말하자. "나는 그런 부분은 사적으로 두는 편이야, 이해해줘서 고마워." 이 한 마디로도 충분하다. 상대방도 내 진심을 느끼고, 더 이상 같은 질문을 반복하지 않을 것이다.

　나 자신을 지키기 위한 짧고 간결한 대답, 그 하나로 내 프라이버시와 편안함을 유지할 수 있다. 경계를 세우는 일은 결코 상대를 밀어내는 것이 아니다.

　오히려 서로를 이해하고 존중하기 위한 첫걸음이다. 마음의 평화를 지키기 위해, 그리고 더 깊은 인간관계를 만들어나가기 위해, 단호한 말 한마디의 힘을 기억하자.

# 감정적으로 거리를 두라

며칠 전, 친구들과의 모임에서 한 친구가 갑자기 물었다. "야, 너 결혼 안 해?" 그 말에 잠시 당황했다. 모두가 모여 웃고 떠드는 중이었는데, 그 질문이 나오자 순간 분위기가 미묘하게 흔들렸다.

내 얘기가 대화의 중심에 서는 게 불편했고, 결혼이라는 주제가 모든 이들에게 흥미로운 토픽일지 몰라도 나에게는 결코 가볍지 않은 문제였다.

마음속에서는 '이걸 대체 어떻게 답해야 할까?'라는 고민이 빠르게 오갔다.

결혼과 같은 사적인 질문은 친하지 않은 사람에게 들을 때 특히 불편하다. 내 인생의 중요한 결정을 타인이 궁금해 할 수는 있지만, 그들의 궁금증에 반드시 응답해야 할 의무는 없다.

"그건 아직 생각 중이야" 같은 간단한 대답으로도 충분히 그 순간의 불편함을 덜 수 있다.

굳이 긴 설명이나 변명을 덧붙일 필요 없이, 가볍게 넘기는 것이 오히려 나를 보호하는 현명한 방법이 될 수 있다.

한 번은 설날에 큰아버지가 내게 물었다. "너도 이제 결혼할 때 되지 않았냐?" 그 말에 모든 가족의 시선이 나에게로 쏠리는 기분이었다.

나는 잠시 멈칫하다가 웃으며 대답했다. "아직은 생각 안하고 있어요." 그리고는 바로 다른 주제로 대화를 돌렸다.

"큰아버지, 그런데 요즘 건강은 괜찮으세요?" 이렇게 질문을 돌리니 더 이상 그 주제에 대해 물어보지 않으셨다.

이런 대응은 나 자신을 지키면서도 상대에게 무례하지 않게 대화를 정리할 수 있는 좋은 방법이다.

때로는 그 질문 자체에 너무 얽매이지 않는 것이 중요하다. 결혼이나 연애와 같은 주제는 결국 내가 하고 싶을 때 얘기하면 되는 문제다.

억지로 상대를 만족시키기 위해 답하려고 하지 않아도 된다. "아직 생각해본 적 없어" 혹은 "지금은 내 커리어에 집중하고 있어" 같은 말로도 충분하다.

중요한 것은 내가 얼마나 말하고 싶은지, 어디까지 이야기하고 싶은지를 스스로 정하는 것이다.

사적인 질문에 대한 대처법으로는 심리학적인 접근이 도움이 될 수 있다. 예를 들어, 질문에 대해 간접적으로 답변하면서 긍정적인 감정을 유도하는 '리프레이밍(reframing)' 기법을 사용할 수 있다. 이는 질문을 다른 각도에서 긍정적으로 바라보게 만들어 대화의 부담을 덜어준다.

예를 들어, "결혼에 대해 물어보는 거 보니까 나한테 관심이 많구나, 고마워. 그런데 지금은 나 자신에게 집중하고 있어."라는 식으로 긍정적인 의미를 덧붙이는 것이다.

이렇게 하면 질문 자체에 대한 불편함이 줄어들고, 상대방도 나의 상황을 이해하기 쉽다.

'감정적 거리두기'도 좋은 방법이다. 이 기법은 상대방의 질문을 내 감정과 분리하여 객관적으로 바라보는 것이다.

**"아, 저 사람이 그냥 궁금해서 물어보는 거지. 나를 비판하려는 게 아니야."**라고 스스로 생각하며 감정적인 반응을 줄이는 것이다.

이런 식으로 질문에 대해 감정적으로 반응하기보다, 상황을 객관적으로 보고 넘길 수 있는 여유를 갖게 된다.

가까운 사람일수록 이런 질문에 대답하지 않기가 어려울 수 있다. 가족이나 오래된 친구들은 내 삶에 대한 관심으로 이런 질문을 던지곤 한다.

하지만 그들이 던지는 질문이 내게 부담으로 다가온다면, 그 순간 솔직하게 말하는 것이 필요하다. "아직은 그런 계획이 없어"라며 가볍게 웃어 넘기는 것만으로도 충분히 상황을 넘길 수 있다.

중요한 것은, 내 삶의 방향을 결정하는 데 있어 타인의 기대나 질문이 아니라 내 마음이 기준이 된다는 것이다.

결국, 사생활에 대한 지나친 간섭에 대처하는 가장 좋은 방법은 나 자신을 지키면서도 상대와의 관계를 해치지 않는 것이다.

질문에 답할지 말지는 나의 선택이고, 그에 대해 부담 없이 대처할 수 있는 방법을 찾는 것이 중요하다. 다음에 또 비슷한 질문이 들어온다면, 간단히 미소 지으며 "아직 생각 중이야"라고 말해보자.

그 한마디로도 충분하다. 나는 내 삶을 내 방식대로 살아가고 있고, 그 누구도 나를 대신해 그 길을 정할 수 없기 때문이다.

# 만만하게 보는 사람에게 대처하는 법

상대가 교묘하게 무시하거나 압박을 줄 때, 이를 넘겨버리면 쉽게 만만하게 보이기 십상이다. 그렇다고 과도하게 화를 내거나 대립적으로 나오면 분위기가 악화될 수 있다.

이럴 때 가장 효과적인 방법은 간단하면서도 유머러스하게 자신의 입장을 명확히 밝히는 것이다. 예를 들어 "오늘은 네가 밥 사야지?"라는 말에 "에이 난 손님이니까 대접받아야지"라며 웃으며 응수하는 식이다.

상대방은 예상치 못한 반응에 당황할 수밖에 없고, 동시에 그들에게 당신이 쉽게 휘둘릴 사람이 아님을 전달할 수 있다.

사람들은 때때로 자신의 기분이나 권력을 확인하기 위해 은근히 다른 사람을 시험하려 한다. 어떤 이는 무시하는 태도를 취하기도 하고, 어떤 이는 교묘하게 책임을 떠넘기려 한다.

그럴 때마다 우리가 기억해야 할 것은, 무조건적인 이해나 침묵이 항상 좋은 해결책이 아니라는 점이다. 때로는 단호하면서도 부드러운 거절이 필요하다.

그것이 자신의 가치를 지키는 일이며, 상대와의 관계에서 균형을 유지하는 방식이 된다.

한 번은 회사에서 팀원들과 프로젝트 회의를 하던 중, 상사가 나에게 "이번엔 네가 더 수고해야겠어. 너라면 할 수 있을 거야"라며 은근히 많은 업무를 떠맡기려 한 적이 있었다.

모두가 나를 쳐다보는 그 순간, 나는 웃으며 이렇게 말했다. "저도 이번에는 팀원들의 도움을 받고 싶어요. 다 같이 하면 더 좋은 결과를 낼 수 있을 것 같네요." 부드럽지만 확실한 메시지였다. 그 후로 상사는 나에게 무리한 요구를 하려 하지 않았다.

상대방의 교묘한 말이나 행동에 대응할 때 중요한 것은 내 감정을 분명히 하면서도 상황을 지나치게 심각하게 만들지 않는 것이다.

유머와 단호함의 균형을 잡아라. "아, 그건 아닌 것 같아"라고 가볍게 넘길 수도 있고, "지금은 좀 곤란해, 하지만 다른 방법을 생각해볼게"라는 식으로 상황을 조율할 수도 있다.

이러한 대답들은 상대에게 당신이 그들의 이도에 휘둘리지 않을 것임을 명확히 하면서도 관계를 깨지 않는 방향으로 흐르게 한다.

가끔은 상대의 말에 웃으며 응대하는 것만으로도 큰 차이를 만든다. 당신의 입장을 지키되, 상대에게 불필요한 적대감을 주지 않는 것.

그것이야말로 진짜 강함이 아닐까. 앞으로 비슷한 상황에 놓인다면, 두려워하지 말고 당신만의 유머와 단호함으로 맞서라. 결국, 그 작은 순간들이 모여 당신의 가치를 만들어간다.

# 교묘한 사람에게는 틈을 주지마세요

　어느 날, 한 친구가 직장에서 힘든 일을 겪고 있었다. 그는 최근 스트레스가 많아 가까운 사람들에게 자신의 고민을 털어놓으며 위로를 받고 싶어 했다.

　그 중 한 사람은 늘 그의 이야기를 들어주곤 했다. 하지만 그 역시도 바쁘고 지친 날들이 많았다. 친구의 끝없는 고민을 들으며 그 사람은 점점 자신의 필요를 희생하고 있다는 생각이 들었다.

　그의 하루가 친구의 요구에 맞춰지면서, 자신의 감정과

필요는 마치 먼지가 된 듯 사라져버렸다. 그 순간, 그는 오직 듣기만 하고 고개를 끄덕일 수밖에 없었다.

이런 상황, 다들 한 번쯤 겪어봤을 것이다. 누구나 친구나 가족이 힘들어할 때 도움을 주고 싶은 마음이 있다. 하지만 종종 우리는 자신의 한계를 잊어버리고 상대방에게 여지를 준다.

그 여지는 마치 작은 틈새와도 같다. 그 틈새가 조금씩 넓어져, 어느 순간 우리의 마음과 시간 모두를 차지하게 된다.

그렇게 자신을 위한 여백은 사라져버리고 만다. 사람들은 때로 그 틈새가 있는 줄도 모르고 끝없이 밀고 들어오려 한다. 결국엔 우리가 지쳐버리고 말 때까지.

연애도 마찬가지다. 상대가 너무나 많은 관심을 요구할 때, 우리는 자신을 잃어버리는 경우가 많다.

내가 얼마나 피곤한지, 오늘은 그냥 혼자 있고 싶은 날인지 말하지 못한 채, 상대의 요구에 맞춰준다. 그리하여 상대방이 그걸 당연하게 여기도록 만든다.

하지만 그 당연함이 쌓이다 보면, 어느 순간 나 자신은 온데간데없이 사라지고, 내 모든 선택이 상대방에 의해 정해진다. 여지를 준다는 것은 이렇게 관계에서의 불균형을 초래하기도 한다.

어느 날, 회사에서 팀장님이 퇴근 후에도 프로젝트에 대해 계속 이야기를 하고 싶어 했다. 이미 업무 시간은 끝났고 나는 지친 상태였다.

하지만 팀장님의 요구를 거절하지 못하고 대화를 이어갔다. 그때부터였다.

회사가 끝난 뒤에도 계속해시 업무 애기를 해야 하는 상황이 당연시되었다. 나의 퇴근은 온전한 쉼이 아닌 또 다른 일의 연장이 되었다. 나에게는 더 이상 개인의 공간이나 시간이 존재하지 않았다. 그저 팀장님이 원할 때 언제든지 이어지는 업무의 연속일 뿐이었다.

여러분은 이런 상황에서 어떻게 하겠는가? 아마 많은 사람들이 같은 선택을 할 것이다. 상대방에게 거절을 한다는 것은 어려운 일이다.

때로는 그게 무례하게 느껴지기도 한다. 그러나 중요한 것은 나의 한계를 이해하고, 그 경계를 지켜나가는 것이다. 경계를 세우는 것은 결코 상대방을 밀어내거나 그 관계를 포기하는 것이 아니다.

오히려 나 자신을 존중하고, 그만큼 상대방을 존중하는 것이다.

관계에서 거리를 둔다는 것은 그 관계를 더 건강하게 만들기 위한 선택이다. 여지를 주지 않는다는 것은 나만을 위한 것이 아니다. 상대방도 서로의 경계와 한계를 이해할 때 더 성숙한 관계를 만들어갈 수 있다.

우리는 각자의 삶에서 주인공이다. 나의 무대에 누군가가 들어와 함께하는 것은 좋지만, 그 무대를 통째로 내어주는 것은 또 다른 이야기다.

나는 나 자신을 존중하고 싶다. 그만큼 상대방도 존중받길 원한다.

상대방의 요구에 여지를 주지 않는 것은 자신을 위한 공간을 지켜내는 일이다. 나만의 시간, 나만의 쉼, 나만의 선택들을 잃지 않는 것이다.

때로는 거절할 줄 아는 것이야말로 관계에서 가장 큰 용기다. 그 용기가 나와 상대방 모두를 자유롭게 한다. 결국, 서로의 공간을 존중하는 것. 그것이야말로 우리가 관계를 통해 진정으로 배워야 할 것이 아닐까.

## 함부로 평가하는
## 사람에게 대처하는 법

"그 일을 해서 돈은 얼마나 벌어?"

아마 누구나 한 번쯤은 이런 질문을 받아본 적이 있을 것이다. 본인의 직업이나 일을 가볍게 평가당하는 느낌. 그리고 그런 질문을 받았을 때 느껴지는 당혹감과 불쾌함.

가까운 사이에서 나온 말이라면 조금은 덜할 수 있겠지만, 그렇지 않은 경우라면 기분이 상하는 것은 당연하다.

얼마 전, 직장에서 새로 만난 동료가 내 직업 이야기가 나오자 대뜸 "그 일 해서 돈은 잘 벌려?"라고 물었다. 그 순간, 나는 잠시 멈칫했다.

당황스러움이 밀려왔지만, 이내 웃으며 넘겼다. 하지만 집에 돌아오는 길에 계속 그 말이 떠올랐다. "돈을 얼마나 벌든 무슨 상관이지?"라는 생각이 들면서도, 묘하게 내 자존감에 스크래치가 생긴 듯한 기분이었다.

이런 경험을 했을 때, 중요한 것은 상대의 말에 휘둘리지 않는 것이다. 누군가 내 직업을 가볍게 여기거나 평가하려할 때, 나는 흔들리지 않기로 마음먹었다.

나의 일은 내가 선택했고, 그 안에서 나는 나만의 가치를 만들어가고 있다. 그 가치를 지키기 위해서는 때로는 당당하게 자신의 입장을 표현할 필요가 있다.

"나는 내 일이 정말 중요하고 의미 있다고 생각해"라거나 "돈보다 이 일이 내게 주는 성취감이 더 크다"라고 말할 수 있다. 그렇게 말하는 순간, 상대방은 나를 다시 바라보게 될 것이다.

예를 들어, 최근 프로젝트를 마치고 받은 성과에 대해 이야기를 나누던 중, 또다시 "그거 해서 돈은 얼마나 벌었어?"라는 질문이 돌아왔다.

이번엔 나는 당황하지 않고 미소를 지으며 "돈은 중요하지만, 내가 이 일을 하면서 느끼는 보람이 더 크지"라고 답했다.

그렇게 대답한 후, 대화의 분위기가 자연스럽게 달라졌다. 상대방도 더 이상 돈 이야기보다는 내가 맡은 일에 대해 관심을 가지기 시작했다.

사람들은 쉽게 남의 직업이나 성과를 돈의 가치로만 평가하려는 경향이 있다. 하지만 중요한 것은 나 스스로 내 일의 가치를 얼마나 소중하게 생각하는지이다.

상대방이 직업을 폄하하는 말을 했을 때, 그 말을 곧이곧

대로 받아들이는 대신, 그 순간을 나의 가치를 다시금 확인하고 표현하는 기회로 삼는 것이다.

또한, 상대방의 무례한 질문을 반박하는 대신, 긍정적인 방향으로 대화를 이끌어가는 방법도 있다.

예를 들어 "돈이 많이 벌리지는 않지만, 정말 내가 좋아하는 일을 할 수 있어서 만족해"라거나 "이 일을 통해 많은 사람들에게 좋은 영향을 줄 수 있어서 좋아"라고 답하면, 그 사람도 더 이상 무례한 질문을 이어가지 않을 것이다.

때로는 무례한 질문이 나에게 던져질 때마다, 내 일에 대한 자부심을 더 강하게 다질 기회라고 생각한다. 나의 직업이 주는 의미와 가치를 스스로 명확히 하고, 그것을 상대에게 당당하게 표현하는 것.

그것이 무례한 평가에 흔들리지 않고, 내 자신을 너욱 단단하게 만드는 방법이다.

그러니, 다음에 누군가 내 일에 대해 가볍게 여기거나 돈으로만 평가하려 한다면, 당당하게 말해주자.

"나는 내가 하는 일이 정말 자랑스럽고, 그것만으로도 충분히 만족해." 그 말이야말로 나 스스로에게도, 그리고 상대에게도 큰 울림이 될 것이다.

마지막으로, 직업에 대한 무례한 평가에 흔들리지 않기 위해서는 무엇보다도 내가 하는 일에 대한 확신과 자부심이 필요하다.

그 확신이 있다면, 어떤 무례한 질문도 나를 흔들 수 없다. 내가 선택한 길이기에, 나는 그 길 위에서 내 스스로의 가치를 찾고, 그것을 굳건히 지킬 수 있는 힘을 가질 것이다.

## 관계에서 자신을 잃지 않는 방법

어느 날, 한 친구가 직장에서 힘든 일을 겪고 있었다. 그는 최근 스트레스가 많아 가까운 사람들에게 자신의 고민을 털어놓으며 위로를 받고 싶어 했다. 그 중 한 사람은 늘 그의 이야기를 들어주곤 했다.

하지만 그 역시도 바쁘고 지친 날들이 많았다. 친구의 끝없는 고민을 들으며 그 사람은 점점 자신의 필요를 희생하고 있다는 생각이 들었다.

그의 하루가 친구의 요구에 맞춰지면서, 자신의 감정과

필요는 마치 먼지가 된 듯 사라져버렸다. 그 순간, 그는 오직 듣기만 하고 고개를 끄덕일 수밖에 없었다.

이런 상황, 다들 한 번쯤 겪어봤을 것이다. 누구나 친구나 가족이 힘들어할 때 도움을 주고 싶은 마음이 있다. 하지만 종종 우리는 자신의 한계를 잊어버리고 상대방에게 여지를 준다. 그 여지는 마치 작은 틈새와도 같다.

그 틈새가 조금씩 넓어져, 어느 순간 우리의 마음과 시간 모두를 차지하게 된다. 그렇게 자신을 위한 여백은 사라져버리고 만다.

사람들은 때로 그 틈새가 있는 줄도 모르고 끝없이 밀고 들어오려 한다. 결국엔 우리가 지쳐버리고 말 때까지.

연애도 마찬가지다. 상대가 너무나 많은 관심을 요구할 때, 우리는 자신을 잃어버리는 경우가 많다. 내가 얼마나 피곤한지, 오늘은 그냥 혼자 있고 싶은 날인지 말하지 못한 채, 상대의 요구에 맞춰준다.

그리하여 상대방이 그걸 당연하게 여기도록 만든다. 하지만 그 당연함이 쌓이다 보면, 어느 순간 나 자신은 온데간데없이 사라지고, 내 모든 선택이 상대방에 의해 정해진다.

여지를 준다는 것은 이렇게 관계에서의 불균형을 초래하기도 한다.

어느 날, 회사에서 팀장님이 퇴근 후에도 프로젝트에 대해 계속 이야기를 하고 싶어 했다. 이미 업무 시간은 끝났고 나는 지친 상태였다.

하지만 팀장님의 요구를 거절하지 못하고 대화를 이어갔다. 그때부터였다. 회사가 끝난 뒤에도 계속해서 업무 얘기를 해야 하는 상황이 당연시되었다.

나의 퇴근은 온전한 쉼이 아닌 또 다른 일의 연상이 되었다. 나에게는 더 이상 개인의 공간이나 시간이 존재하지 않았다. 그저 팀장님이 원할 때 언제든지 이어지는 업무의 연속일 뿐이었다.

여러분은 이런 상황에서 어떻게 하겠는가? 아마 많은 사람들이 같은 선택을 할 것이다. 상대방에게 거절을 한다는 것은 어려운 일이다.

때로는 그게 무례하게 느껴지기도 한다. 그러나 중요한 것은 나의 한계를 이해하고, 그 경계를 지켜나가는 것이다. 경계를 세우는 것은 결코 상대방을 밀어내거나 그 관계를 포기하는 것이 아니다.

오히려 나 자신을 존중하고, 그만큼 상대방을 존중하는 것이다.

관계에서 거리를 둔다는 것은 그 관계를 더 건강하게 만들기 위한 선택이다. 여지를 주지 않는다는 것은 나만을 위한 것이 아니다.

상대방도 서로의 경계와 한계를 이해할 때 더 성숙한 관계를 만들어갈 수 있다. 우리는 각자의 삶에서 주인공이다. 나의 무대에 누군가가 들어와 함께하는 것은 좋지만, 그 무대를 통째로 내어주는 것은 또 다른 이야기다.

나는 나 자신을 존중하고 싶다. 그만큼 상대방도 존중받길 원한다.

상대방의 요구에 여지를 주지 않는 것은 자신을 위한 공간을 지켜내는 일이다. 나만의 시간, 나만의 쉼, 나만의 선택들을 잃지 않는 것이다.

때로는 거절할 줄 아는 것이야말로 관계에서 가장 큰 용기다. 그 용기가 나와 상대방 모두를 자유롭게 한다. 결국, 서로의 공간을 존중하는 것. 그것이야말로 우리가 관계를 통해 진정으로 배워야 할 것이 아닐까.

# 감정 쓰레기통이 되지 않으려면

지나치게 감정적인 친구가 있던 적이 있었을 것이다. 그들은 매번 감정의 폭풍에 휘말려들고, 그 파도가 나에게까지 넘쳐오곤 한다.

친구가 연인과 크게 다투고 나서 너무 힘들어하여 밤늦게 전화를 걸어오는 상황을 상상해 보자. 그때마다 우리는 그들의 이야기에 몰입하고, 그들의 고통을 함께 나누려 한다.

그러나 어느 순간, 그 감정의 무게가 나의 것이 된 것처럼 버겁게 다가오기도 한다. 이렇게 누군가의 감정을 내 것으로 착각하며 받아들인 경험, 누구나 한 번쯤 있었을 것이다.

사람의 감정을 공감하는 것은 중요하다. 하지만 그 공감의 범위가 무한대로 넓어질 때, 내 감정의 영역은 작아지고 만다.

상대방의 아픔을 이해하고 싶은 마음과 나 자신을 지키고 싶은 마음 사이의 균형이 무너진다면, 우리는 어느새 감정적 소모에 빠지게 된다.

특히 상대방이 나의 감정까지 휘두르려 할 때, 그때야말로 감정적 경계가 필요하다.

감정적 경계란 상대의 감정을 받아들이되, 그것이 내 감정까지 잠식하지 않도록 선을 긋는 것이다. 예를 들어, 가까운 친구가 연애 문제로 힘들어할 때, 우리는 그의 슬픔을 이해하고 공감할 수 있다.

그러나 그 감정을 나의 문제로 느끼고 함께 깊은 슬픔에 빠질 필요는 없다. 친구의 슬픔은 그 친구의 것이고, 나는 그저 곁에서 이해해줄 뿐이라는 사실을 기억해야 한다.

과도한 동조는 상대의 감정을 나의 감정으로 만들어 버리고, 결국 나 자신을 잃게 만든다.

또 다른 예로, 가족 중 누군가가 스트레스로 인해 매일 불평을 늘어놓는 상황을 생각해 보자.

그들의 감정을 이해하고 공감하는 것은 중요하지만, 그 스트레스가 나의 일상까지 망치게 두어서는 안 된다.

감정적 경계를 세우지 않으면, 우리는 그들의 스트레스에 함께 잠식되어 나 자신의 행복까지 놓치게 된다.

가장 흔히 빠지는 오류는, 상대가 느끼는 모든 감정을 나도 똑같이 느껴야 한다고 착각하는 것이다. 하지만 감정은 원래 각자의 몫이다. 친구가 화가 나 있다고 해서 나도 똑같이 화내야 하는 건 아니다. 그 친구의 감정은 그 친구의 것일 뿐, 나의 감정으로 가져와서는 안 된다.

이 경계가 무너지면 우리는 상대방의 감정의 쓰레기통이 되기 쉽다. 그들이 던지는 불안, 분노, 슬픔을 무조건 받아들이면서 나의 마음을 점점 침식시키는 것이다.

때로는 "이건 나의 감정이 아니다"라고 스스로에게 말해주는 것도 도움이 된다. 상대의 감정이 지나치게 커질 때, 그것이 내 안에 들어와서 나를 흔들지 않도록 거리를 두는 연습이 필요하다.

친구가 겪는 아픔에 대해 공감하되, 그것이 내 하루를 망치게 둘 필요는 없다. 그들의 감정이 나를 지배하지 못하게끔 마음속에 선을 긋는 것이다.

감정적 경계를 설정하는 구체적인 방법 중 하나는, 상대의 이야기를 듣는 동안 내 감정을 객관적으로 바라보는 연습을 하는 것이다.

심호흡을 하고, 그 감정에 휩쓸리기보다는 그저 관찰하는 태도를 유지한다. 또, 상대의 문제에 대해 논리적으로 접근하는 질문을 던져보는 것도 도움이 된다. "지금 무엇이 가장 힘들게 느껴져?"와 같은 질문을 통해, 상대의 감정을 명확히 하고 나의 감정적 동요를 줄이는 것이다.

감정적으로 너무 동화되면, 오히려 상대방에게 도움이 되지 않는다. 나 자신이 무너지면 제대로 된 조언이나 위로를 할 수 없기 때문이다.

감정의 경계를 설정하면, 상대를 위해서도 나 자신을 위해서도 더 건강한 관계를 유지할 수 있다. 그들의 감정을 충분히 이해하면서도 나 자신을 지킬 수 있는 힘, 그것이 진정한 감정적 성숙이다.

마지막으로, 감정적 경계를 세우는 것은 차갑고 무정한 행동이 아니다. 오히려 상대의 감정을 지나치게 받아들이지 않음으로써, 나는 그들의 이야기를 더욱 객관적으로 듣고 진정으로 필요한 도움을 줄 수 있다.

지나친 감정적 반응 대신, 한 걸음 물러나 상대의 감정을 바라보자. 그럴 때 우리는 진정한 의미에서의 공감, 그리고 자신을 지키는 방법을 배우게 될 것이다.

# 좋은 사람이 되는 것에
# 집착하지마세요

새로운 직장에서 처음 인사를 나누던 순간을 떠올려보자. 모든 사람과 잘 지내야 한다는 부담을 느끼며, 웃으며 한 사람 한 사람과 눈을 맞추던 그 순간 말이다.

어쩌면 모든 동료에게 사랑받고 싶었던 적이 있었을 것이다. 그러나 시간이 지나며 우리는 깨닫게 된다. 모든 사람과 잘 지내려다 보면 결국 나 자신이 소진되어버린다는 것을.

모든 사람에게 사랑받으려는 생각은 우리를 끝없이 지치

게 만든다. 노력해도 나를 좋아하지 않는 사람이 있는가 하면, 그저 이유 없이 맞지 않는 사람도 있다. 이런 경험, 누구나 한 번쯤은 있었을 것이다.

사람들은 각기 다른 기준과 감정을 가지고 있다. 따라서 나를 좋아하지 않는 사람은 언제나 있을 수밖에 없다. 누구에게나 인정받고 사랑받고 싶다는 마음은 자연스러운 감정이다.

그러나 그 감정을 모두 충족시키려는 시도는 오히려 우리를 불행하게 만든다. 우리는 서로 다른 가치관과 경험을 가지고 있다. 그러므로 누군가가 나를 좋아하지 않는다고 해서 그것이 나의 잘못이라고 생각할 필요는 없다. 나의 가치를 타인의 평가에 맡기는 순간, 나 자신을 잃게 되는 것이다.

직장 내에서도 마찬가지다. 모든 동료와 친해질 필요는 없다. 직장은 일을 하기 위해 모인 공간이다. 물론 친근한 분위기와 원활한 소통은 중요한 요소다.

하지만 그보다 더 중요한 것은 나와 잘 맞는 사람들과 건강한 관계를 유지하고, 그 외의 사람들과는 업무적으로 원활한 소통을 하는 것이다.

적당한 거리에서 관계를 유지하는 것이 직장에서의 효율성을 높인다.

가령, 점심시간마다 모든 테이블을 돌며 대화를 시도하거나, 퇴근 후에도 동료들과의 회식을 놓치지 않으려 애쓰는 사람을 떠올려보자.

처음에는 열정적으로 보일지 모르지만, 시간이 지날수록 그는 점점 지쳐간다.

반면에, 나와 마음이 맞는 몇몇 동료들과 깊이 있는 관계를 형성하고, 나머지 사람들과는 적당한 거리를 두며 업무에 집중하는 사람은 더 오래 지속적인 에너지를 유지할 수 있다.

이는 결국 자신의 업무 효율성을 높이고, 관계에서도 스트레스를 줄일 수 있는 방법이다.

모든 사람에게 사랑받으려는 생각을 버리면, 비로소 진정으로 나에게 소중한 사람들과의 관계에 집중할 수 있게 된다.

중요한 것은 '모두'가 아니라 '나에게 중요한 사람들'이다. 가까운 사람들과의 관계를 잘 가꾸고 그들에게 진심으로 다가갈 때, 그 관계는 더욱 깊고 의미 있게 변한다.

반대로, 모든 사람에게 사랑받으려 애쓰는 것은 결국 어느 누구와도 진정한 관계를 맺지 못하게 만든다.

때로는 나를 좋아하지 않는 사람도 있는 법이다. 이를 받아들이는 것은 성숙한 태도다.

모든 사람에게 좋은 사람이 되려고 하기보다는, 나 자신에게 진실하고, 가까운 사람들에게 진심을 다하는 것이 훨씬 더 의미 있다. 나에게 중요한 사람들과의 관계를 잘 가꾸는 것, 그것이 진정한 행복을 위한 길이다.

직장에서는 특히 감정적인 소모를 최소화하는 것이 중요하다. 업무적인 관계는 업무에 집중할 수 있을 만큼의 거리에서 유지하는 것이 가장 효율적이다.

나와 잘 맞지 않는 사람과 억지로 친해지려 애쓰다 보면, 오히려 내 에너지를 낭비하게 된다. 그보다는 나와 맞는 사람들과의 관계에 집중하고, 나머지 사람들과는 적절한 거리를 두며 존중하는 것이 좋다.

감정적 경계를 설정하는 구체적인 방법 중 하나는 하루에 자신을 칭찬하는 시간을 가지는 것이다.

나를 좋아하지 않는 사람에게 집착하지 않기 위해 스스로의 가치를 인식하고, 나 자신에게 긍정적인 에너지를 주는 것이 중요하다. 또한, 주 1회 나에게 소중한 사람들의 목

록을 점검해보며 그들에게 더 많은 에너지를 쏟도록 노력해보자.

　결국, 인간관계에서 모든 사람에게 사랑받으려는 생각은 버리는 것이 맞다. 그 생각을 내려놓을 때, 비로소 나 자신에게 집중하고, 나에게 소중한 사람들에게 더 많은 에너지를 쏟을 수 있게 된다.

　관계에서 중요한 것은 수많은 사람들과 얕은 관계를 맺는 것이 아니라, 진정으로 나에게 의미 있는 사람들과 깊은 관계를 형성하는 것이다.

　지금 당신이 소중히 여기고 있는 사람은 누구인가? 그들에게 더 많은 에너지를 쏟아보자. 이 점을 기억하고, 나 자신을 지키며 관계를 맺어나가는 것이 진정한 의미의 인간관계이다.

# 때로는 눈치 없는 척 하라

오즈 야스지로(1903-1963)는 일본 영화사의 거장으로 불리며, 그의 영화는 일상 속에서 드러나는 인간 관계의 미묘한 감정을 섬세하게 그려냈다.

그의 작품들에서 자주 발견되는 특징 중 하나는 인물들이 서로의 감정을 헤아리면서도 겉으로는 이를 드러내지 않으려는 태도였다.

이는 마치 일상에서 '눈치 없는 척' 하는 사람들의 모습을 떠올리게 한다. 오즈의 영화에서 등장인물들은 때때로 자신이 느끼는 감정이나 상황을 속이거나, 아니면 그저 모르는 척하며 넘기는 장면을 많이 보여준다.

이런 장면들은 우리가 직장에서나 일상 속에서 경험하는 '모르는 척' 전략과 닮아 있다.

그 중에서도 대표작으로 꼽히는 〈동경 이야기〉에서 등장인물들이 보여주는 행동은 바로 이 '눈치 없는 척'의 예술적인 표현이라 할 수 있다.

영화 속 부모 세대와 자녀 세대 간의 갈등과 감정이 교차하는 장면에서, 자녀들은 부모의 기대를 완전히 이해하면서도 마치 그 사실을 모르는 듯한 행동을 한다.

부모는 그들의 무관심을 알아채지만, 굳이 이를 언급하거나 문제 삼지 않고 그저 조용히 받아들이는 태도를 취한다.

이러한 장면은 일본의 전통적인 감정 표현 방식, 즉 직접적으로 말하지 않고도 서로의 감정을 이해하는 방식과 연관되어 있다. 오즈는 이처럼 '눈치 없는 척' 하며 감정을 숨기고, 오히려 침묵 속에서 더 깊은 메시지를 전달하는 인간관계의 복잡함을 영화 속에 담아냈다.

이와 유사하게, 현대의 직장에서도 '눈치 없는 척' 전략은 종종 의도적으로 사용된다. 모두가 알면서도 굳이 드러내지 않으려는 문제나 갈등이 있을 때, 이를 직면하기보다는 피하고 넘어가려는 경향이 있다.

그러나, 정말로 사회적 지능이 높은 사람들은 때때로 이러한 문제를 굳이 모른 척하면서도, 적절한 순간에 이를 꺼내어 해결하려고 한다.

이러한 태도는 갈등을 최소화하면서도 문제를 해결할 수 있는 중요한 기술이다.

예를 들어, 일본의 문화 속에서 서로의 감정을 굳이 표현하지 않더라도 서로의 마음을 읽고 배려하는 것이 중요한 것처럼, 직장 내에서도 불필요한 감정적인 충돌을 피하기 위해 때로는 '눈치 없는 척' 하는 것이 도움이 될 수 있다.

오즈 야스지로의 영화 속 일화들을 살펴보면, 이러한 태도가 얼마나 인간 관계를 부드럽게 유지하는 데 중요한지 알 수 있다.

그의 작품 속 등장인물들은 종종 말로 직접적으로 표현하지 않고, 행동이나 침묵으로 상황을 넘긴다. 이러한 '모르는 척'은 오히려 관계의 깊이를 더해주며, 불필요한 갈등을 피하는 역할을 한다.

이는 직장에서의 사회적 기술과도 일맥상통한다. 누군가가 자신의 감정이나 의견을 너무 직설적으로 드러내면 오히려 갈등을 유발할 수 있다. 반면, 적절한 타이밍에 모른 척하거나 상황을 넘겨버림으로써 감정적인 충돌을 피하고 관계를 유지하는 것이 더 현명한 선택일 수 있다.

또한, 연구에 따르면 이러한 '눈치 없는 척' 전략은 사회적 지능이 높은 사람들이 자주 사용하는 방법 중 하나라고 한다.

 갈등을 피하면서도 문제를 해결하는 데 효과적인 이 전략은, 상대방의 감정을 존중하는 동시에 상황을 부드럽게 풀어가는 데 중요한 역할을 한다.

 실제로 많은 심리학 연구에서, 사람들은 때로는 모른 척함으로써 불필요한 갈등을 피하고, 관계를 유지하는 데 더 큰 효과를 본다는 결과가 나왔다.

 특히 직장 내에서는 팀워크와 협력이 중요한 만큼, 지나치게 민감한 사안에 대해 때때로 모르는 척함으로써 팀의 조화를 유지하는 것이 더 중요할 때가 있다.

 오즈 야스지로가 그의 영화 속에서 표현한 '눈치 없는 척'은 단순히 둔감함에서 비롯된 것이 아니다. 이는 오히려 인간 관계를 깊이 있게 이해하고, 상황을 더 잘 파악하기 위한 고도의 전략적 선택이었다.

그의 영화에서 감정을 드러내지 않고도, 모르는 척 넘기며도 인간 관계의 복잡함을 아름답게 표현하는 방식은 관객들에게 큰 울림을 주었다. 이러한 방식은 비단 영화 속에서만 유용한 것이 아니다. 직장 생활에서도 불필요한 갈등을 줄이고, 감정적인 부담을 덜어내기 위해 때로는 모르는 척하는 것이 큰 도움이 된다.

실제로, 사회적 관계에서 이러한 전략을 사용하는 사람들은 타인의 감정과 생각을 깊이 이해하면서도, 그것을 굳이 드러내지 않음으로써 관계를 더 안정적으로 유지하는 경우가 많다.

이는 사회적 지능이 높은 사람들이 가진 특징 중 하나이며, 오즈 야스지로의 영화 속 인물들이 그러했듯이, 때로는 침묵이나 무심한 척하는 행동이 인간 관계의 갈등을 피하는 데 중요한 역할을 한다.

결국, 눈치 없는 척하는 것이야말로 관계의 깊이를 더하고, 불필요한 충돌을 피하는 현명한 사회적 기술이라고 할 수 있다.

  정말 똑똑한 사람들은 눈치가 없는 척하며 갈등을 피하고, 상대방의 감정을 배려한다. 이는 단순히 상황을 파악하지 못해서가 아니라, 오히려 그들이 더 나은 결정을 내리고 관계를 부드럽게 유지하기 위해 선택한 전략적 행동이다.

# 신다미

생각을 공부합니다. '나'와의 관계 회복을 위해 가장 먼저 바꾼 것은 언어였습니다. 언어가 우리의 감정과 인간관계에 미치는 영향을 깊이 탐구하며, 말과 행동이 어떻게 삶에 변화를 일으키는지 글을 통해 나누고 있습니다. 말을 바꾸기 위해 스스로의 행동과 생각을 다시 들여다보았고, 그 과정에서 얻은 가장 큰 깨달음은 언어가 바뀌면 일상이 바뀌고, 일상이 바뀌면 인생이 바뀐다는 것입니다.

제 글은 우리가 일상 속에서 무심코 사용하는 작은 말들이 자존감과 인간관계, 나아가 삶의 질에 미치는 영향을 이야기합니다. 말의 힘을 통해 스스로를 성장시키고, 더 나은 삶을 살아가는 방법을 함께 나누고자 합니다. 이 글을 통해 독자 여러분이 자신의 언어 습관을 돌아보고, 작은 변화를 통해 더욱 풍요롭고 긍정적인 삶을 살아가기를 진심으로 바랍니다.

# 작은 기다림이 가져온 변화

위기라는 단어에는 위험과 기회, 두 가지 의미가 공존한다. 위기를 기회로 바꾸기 위해 가장 중요한 것은 생각을 바꾸는 일이다. 생각은 말이 되고, 말은 행동이 된다.

언어의 힘을 알고 있는 사람은 많지만, 일상에서 실천하기는 결코 쉽지 않다. 나 역시 그랬다. 긍정적인 언어의 중요성을 머리로는 이해했지만, 내 말이 긍정적인지 부정적인지는 알지 못한 채 살아왔다.

어려운 상황에서도 긍정적인 언어를 사용하면 위기는 기

회가 될 수 있다. 자주 사용하는 언어가 우리의 생각과 행동을 바꾸기 때문이다.

긍정적인 언어가 위기를 기회로 바꿀 수 있다는 사실은 유명한 인물들의 사례를 통해 잘 드러난다. 오프라 윈프리와 토니 로빈스는 어려운 환경에서 자랐음에도 불구하고, 긍정적인 언어로 자신의 생각을 변화시키며 성장할 수 있었다.

오프라 윈프리는 어린 시절의 가난과 학대를 극복하면서도 늘 "나의 미래는 내가 만들어가는 것"이라는 메시지를 스스로에게 주입하며 자신의 삶을 변화시켰다. 그녀는 긍정적인 언어를 통해 현실을 받아들이고 한 걸음 더 나아갈 수 있는 힘을 얻었다.

평범한 일상 속에서 힘든 순간이 자주 찾아왔다. 잔병치레를 달고 살았고, 경제적 어려움과 고부갈등까지 겹치면서 여러 번 위기를 겪었다.

도저히 버틸 수 없을 것 같은 5년 전, 처음으로 내 삶을 다시 돌아봐야겠다는 생각이 들었다. 그동안은 "남들도 다 이렇게 사는 거야"라며 버텼지만, 문제들이 연달아 터지면서 도미노처럼 일상이 무너졌다. 이대로는 안 되겠다고 결심했다.

언어와 행동을 차분히 되돌아보기 시작하면서 '나는 어떤 사람인가?'라고 질문했다. 그리고 나에 대해 제대로 아는 것이 없다는 사실을 깨달았다.

직장 생활을 마치고 집에 오면 텔레비전 앞에서 시간을 보내면서도 나 자신과 대화하는 시간은 만들어 본적이 없었다. 사실 나와 대화해야 하는 이유와 방법을 몰랐다, '주부의 삶이 다들 그렇겠거니'라고 생각하며 지냈다. 위험을 만난 다음에야 '나다움'이 무엇인지 고민하게 되었다.

'나다움'을 위해 가장 먼지 과거의 생각과 언어를 돌아보며 상처를 치유했다. 과거의 상처를 들여다보면서 가슴에 담긴 아픔들이 일부러 나에게 공격하는 말이 아님을 알게 되었다.

가까워서, 편안해서 툭 내뱉는 말에 '기분 나쁘다'는 표현을 못한 채 가슴에 담아두었던 것이다.

아픔의 이유를 이해하고 나니, 나 역시 편하게 한 말들이 누군가에게 상처를 주었을 수 있다는 생각이 들었다. 특히 남편이나 아이들에게 건넨 말들은 깊이 생각하지 않고 나왔었다.

퇴근 후 바쁜 마음으로 저녁을 차리고 "밥 먹어"라고 말했을 때, 아이들이 늑장 부리거나 짜증을 보이면 화를 냈다. 시간이 지나고 나서야, 아이들 상황은 보지 못하고 내 일정에 맞춰 강요한 것이라는 걸 깨달았다.

저녁을 치우고 다른 일을 해야 한다는 조급함으로 아이들을 닦달했다. 서로 얼굴을 붉히기 일쑤였던 이유였다.

사랑이라고 생각하며 챙겨주던 행동들이, 아이들의 시간

을 침범한 것일 수 있다는 생각에 말을 줄였다. "밥 먹어" 대신 "배고프면 먹어"라고 말하고 기다렸다.

그러자 아이들은 직접 챙겨 먹었고, 외출 준비를 할 때도 "준비됐어? 빨리 가자."라며 재촉하지 않고 나올 때까지 기다렸다.

말을 멈추고 기다리는 작은 변화는 아이들에게 여유를 주었고, 우리 가족의 분위기는 서서히 달라졌다. 짜증이 줄고 얼굴을 마주하고 웃으며 대화할 수 있게 되었다.

가까운 사람일수록 무심코 던진 말이 쉽게 상처를 줄 수 있다. 사소한 한마디라도, 그 말의 무게를 생각할 필요가 있다. 어른은 말을 줄이고, 기다리고, 들어주어야 한다. 작은 기다림과 신중함이 더 나은 관계를 만드는 밑거름이 되기 때문이다.

아이들이 웃어야, 부모의 마음이 편안해진다.

# 나에게 가장 먼저 들려주는 말

살다 보면 가까운 사람과 편하게 대화를 나누면서, 별생각 없이 툭툭 내뱉는 말이 있다. 그 말들이 우리 마음속 깊은 곳까지 스며들어 생각보다 큰 영향을 미칠 때가 있다.

결혼 생활 중에 나를 가장 불편하게 만든 말이 있었다. 가족들이 식사를 마친 뒤 남은 음식을 보며 "아까우니까 먹어 버리자"고 한 말이었다.

처음엔 그저 사소한 말로 넘겼지만, 시간이 지날수록 찜찜함이 가시지 않았다. 내가 남은 음식을 처리해야 하는 사

람이라는 느낌이 들어서였다. 왜 그런지 이유는 모르겠지
만, 마음에 걸렸다.

'버리자'라는 말은 쓸모없다고 여기거나 처분해야 할 때
쓰는 표현이다. "먹어 버리자"라는 말은 음식이 쓰레기인
것처럼 느껴졌다.

맛있는 음식이 쓰레기처럼 여겨지니, 불편할 수밖에 없었
다. 농부의 땀과 환경을 생각하면 음식을 함부로 버릴 수
없다는 생각이 들면서도, 동시에 건강을 생각하면 무턱대
고 먹어서는 안 된다는 고민도 있었다.

미즈노 남보쿠의 〈절제의 성공학〉에서 "몸속이 쓰레기통
도 아닌데"라는 글을 읽고 내 생각이 왜 불편했는지 이해되
었다. 내가 느끼던 감정이 단순한 까다로움이 아니라, 이유
가 있는 생각이라는 것을 깨닫게 해주었다. 작은 말 하나에
도 우리의 감정은 쉽게 흔들린다. 무심코 넌진 말이 깊은
의미를 지니기도 하고, 우리의 내면에 숨겨진 감정과 마주
하게 만들기도 한다.

'버렸어'라는 표현이 항상 부정적인 것은 아니다. 쓰레기를 버리거나 필요 없는 물건을 치울 때는 맞는 표현이다. 하지만 모든 상황에서 '버렸어'를 덧붙이면, 그 말이 가진 무게가 가벼워지거나 긍정적인 의도를 전달하기 어려워질 수 있다.

단순한 표현이지만, 이런 작은 말 습관이 우리의 감정이나 관계에 미치는 영향은 생각보다 크다.

이제는 누군가가 "먹어 버리자"라고 강요해도 원하지 않을 때는 먹지 않는다. 대신 배가 불러도 먹고 싶을 때는 "맛있으니까"라고 생각하면서 먹는다.

나 스스로에게 더 따뜻하고 긍정적인 말을 들려주는 것이다. 내가 하는 말은 결국 내 몸이 가장 먼저 듣게 된다.

일상 속에서 사소하게 지나가는 말 한마디를 바꿔보는 것, 작은 변화가 우리의 하루와 관계를 더 따뜻하고 풍요롭게 만들어줄 수 있다.

 "먹어 버리자" 대신 "먹자", "사 버리자" 대신 "사자"라고 표현해보자. 간단한 말들이 우리 마음을 부드럽게 만들고, 주변 사람들에게도 따스한 에너지를 전할 수 있다.

 언어는 우리의 하루에 작은 변화를 일으키는 힘을 지닌다. 단어 하나가, 표현 하나가 쌓여 우리의 마음을 따뜻하게 채워준다.

 매일 듣는 말들이 나를, 그리고 내 곁의 사람들을 다정하게 감싸 안을 수 있도록, 오늘부터 조금씩 더 신중하게 말을 고르자. 그 작은 변화가 우리의 삶을 보다 온화하고, 함께하는 순간을 더 의미 있게 만들어줄 거라 믿는다.

# 무심코 던진 돌에
# 누군가는 상처 받는다

"무심코 던진 돌에 개구리는 맞아 죽는다"라는 속담처럼, 무심코 던진 말이 깊은 상처로 남을 때가 있다. 직장 생활을 처음 시작했을 때 친구의 한마디에 상처를 받았었다.

교육 받던 날 쉬는 시간에 잠든 친구를 깨우며 "쉬는 시간 끝났어"라고 말했을 때, 친구는 갑자기 "너 목소리 짜증나!"라며 화를 냈다.

자신감이 부족했던 나는 아무런 말도 못하고, '내 목소리가 정말 그렇게 듣기 싫은가?'하고 속상해 했다. 그 후로 그 친구랑 말을 하지 않았을뿐더러 내 목소리는 점점 작아졌다. 하고 싶은 말이 있어도 목소리를 내지 못할 때가 많았다.

시간이 흐르면서 깨달았다. 친구의 말은 순간의 기분을 표현한 것이었을 뿐, 상처 주려던 의도는 없었다.

그런데 나는 친구의 말을 너무 깊이 받아들이고, 오랫동안 마음에 담아두었다. 친구의 입장을 이해하면서 질문했다. '혹시 나는 누군가에게 상처를 준 적이 없을까?'

설명을 이해하지 못하는 동료에게 "내 말이 그렇게 어려워?"라며 답답해 했던 기억이 떠올랐다. 그 순간 나도 친구와 같은 입장이었다는 사실을 깨닫고 부끄러워지면서 미안한 마음이 들었다.

말은 단순한 소통의 도구가 아니라, 마음을 움직이는 힘을 지닌다. 나도 누군가에게 상처를 주었다는 사실을 깨달았다.

누구나 한 번쯤은 가까운 사람의 말에 상처를 받아본 적이 있을 것이다. 오래전 상처가 지금도 가슴 깊이 남아 있을 수도 있다.

"당신은 다른 사람에게 상처를 준 적이 없나요?"라고 물으면, 자신 있게 "없다"고 대답할 사람은 거의 없을 것이다. 상처주려는 의도는 없어도 상대방이 기분 나쁘다고하면 상처 준 사람이다. 결국, 말이 주는 의미는 듣는 사람이 어떻게 해석하느냐에 달렸다.

가까운 사람일수록 우리는 말에 신중하지 못할 때가 많다. '조용히 좀 해!' 같은 말은 별 의미 없이 하는 말이지만, 상대의 마음에 남겨진 아픔은 오래 갈 수 있다.

그저 순간적인 감정에 따라 말을 뱉으면, 온도에 따라 상처로 남을 수 있다는 점을 기억해야 한다.

우리의 인생은 나무가 뿌리를 내리고 가지를 뻗어가는 과정과 닮았다. 처음에는 작고 연약하게 시작하지만, 꾸준히 물을 주고 돌보면 점점 더 튼튼해진다.

사람도 마찬가지다. 상처를 겪으면서도 스스로를 돌보고 회복하면 더 강해질 수 있다. 나비가 고치 속 어둠을 견디고 날개를 펴는 것처럼. 상처는 때때로 우리를 고치 속에 가둬두지만, 그 시간을 견디면 더 아름답고 강하게 날아오를 수 있는 기회가 된다.

"말 한마디로 천 냥 빚을 갚는다". 말은 사람을 아프게 할 수도 있지만, 사람을 일으켜 세우는 힘이 될 수도 있다. 우리는 누군가에게 상처를 주는 말을 피하기 위해 노력해야 한다. 말을 하기 전에, 상대방의 마음에 어떤 흔적을 남길지 생각해 보고, 만약 잘못 전달되었다면 즉시 사과하는 습관을 들여야 한다. 말은 내가 어떻게 하느냐가 아니라, 듣는 사람이 어떻게 받아들이느냐에 따라 의미가 정의된다.

말에는 강한 힘이 있다. 그 힘을 어떻게 사용할지는 우리의 선택에 달려 있다. 그래서, 이제는 잠시 멈춰 생각해 본다. 한 마디를 건네기 전에 그 말이 상대에게 어떻게 다가갈지, 그것이 따뜻한 기억으로 남을지 고민한다. 오늘의 작은 배려가 누군가의 마음에 위로와 희망이 되길 바라는 마음으로.

# 안정호

말 한 마디로 인생이 바뀔 수 있다고 믿는 이 작가는, 20대 초반부터 내성적인 성격을 극복하기 위해 커뮤니케이션의 본질을 깊이 탐구해왔다. 특히 지난 3년 동안 니체, 쇼펜하우어, 헤르만 헤세 등 인류 역사상 가장 위대한 작가들의 고전 작품을 읽으며 다양한 지혜를 체득했고, 이를 말과 글에 녹여 효과적으로 전달하는 방법을 연구해왔다. 현재는 각박한 세상 속에서 삶의 만족도를 높일 수 있는 방법들을 담아낸 콘텐츠를 제작 중이다.

인스타그램 @goldmund_philosophy
이메일 333goldmund@gmail.com

# 화술을 통한 가치 어필의 중요성

대학교 졸업 후 처음 입사한 회사에서, 상사에게 신입 직원들의 연말 성과를 발표하는 자리였다. 많은 사람들 앞에서 준비한 자료를 설명해야 했는데, 머릿속에 준비했던 말들이 입 밖으로 나오는 순간부터 어딘가 이상하게 어긋나는게 느껴졌다.

준비한 자료와 내용은 충분히 탄탄했지만, 발표가 끝나고 나니 다들 내기 한 말을 잘 이해하지 못한 것 같았다. 상사의 얼굴에 아쉬움이 스쳐갔고, 나는 그제야 깨달았다.

내가 아무리 많은 가치를 가지고 있어도 그것을 제대로 전달하지 못하면 상대에게는 별다른 의미가 없게 된다는 사실을.

세상에는 자신만의 훌륭한 능력이나 가치를 갖고 있는 사람들이 많다. 하지만 그것을 얼마나 효과적으로 전달하느냐는 완전히 다른 문제다. 말은 단순한 의사소통의 수단이 아니다. 내가 가진 가치를 타인에게 전달하기 위한 중요한 도구다.

말을 잘한다는 것은, 말을 자연스럽고 유창하게 하는 능력만을 의미하지 않는다. 상대방에게 내가 어떤 가치를 줄 수 있는 사람인지를 대화에 명확하게 녹여서 전달할 수 있어야 진정으로 말을 잘 하는 사람이라고 할 수 있다.

우리는 누구나 자신에게 가치 있는 사람과의 관계를 원한다. 하지만 상대방도 나에게서 가치를 느껴야 그 관계는 지속될 수가 있다.

사람들은 내가 하는 말 속에서 나와의 관계가 그들에게 어떤 이득을 줄 수 있을지 단서를 찾는다. 그러므로 내가 상대방에게 줄 수 있는 가치를 명확하게 말 속에 담아내는 기술의 중요성은 아무리 강조해도 지나치지가 않다.

이것을 잘 하지 못하면 아무리 뛰어난 능력을 가지고 있어도 그 능력은 빛을 보기가 힘들어진다.

그렇다면 어떻게 해야 내가 지닌 능력과 가치를 사람들이 확실하게 느끼게 만들 수 있을까? 우선, 상대가 이해하고 공감하기 쉬운 언어로 얘기해야 한다.

자기만의 세계에 빠져 혼자서만 열심히 말을 하는 것은 상대를 지루하게 만든다. 상대를 나의 세계 속으로 초대하고, 그 안에 무엇이 있는지 확실하게 보여주기 위해서는 상대도 흥미를 갖고 따라올 수 있도록 적절한 소재와 표현을 활용할 수 있어야 한다.

예를 들어, 내가 프로젝트를 성공시킨 경험에 대해 이야기하려고 한다면, 단순히 내가 이루어낸 성과들을 나열하거나 내가 자랑스럽게 생각하는 포인트들을 떠들어대는 것이 아니라, 상대가 중요하게 생각하는 요소들을 중심으로 대화를 이끌어 나가는 것이다.

이렇게 말하든 저렇게 말하든, 내가 그 프로젝트를 성공적으로 마쳤다는 사실 자체는 변하지 않지만, 그러한 성공이 상대의 입장에서도 가치가 있게 느껴지는지의 여부는 전적으로 그 일을 전달하는 내 화술에 달려있는 것이다.

그러기 위해서 우리는 언제나 상대에게 관심을 가지고 그들이 필요로 하는 가치와 선호하는 표현 방식이 무엇인지를 미리부터 파악해 두어야 한다.

다음으로, 내 능력에 대한 확신을 갖고 자신감 있는 태도를 유지하는 것이 중요하다. 당연한 말처럼 들리겠지만, 어떤 상황에서도 자신감 있는 태도를 잃지 않고 '유지'할 수 있는 사람은 많지가 않다.

평소에 자신감이 넘치던 사람도 가치를 평가받는 상황이 되면 긴장을 해서 당당했던 태도는 온데간데 없어지고 상대방에게 인정을 갈구하는 스탠스를 취하는 경우가 정말 많다.

그렇기 때문에 일관성 있는 자신감이야 말로 진정으로 내 가치를 확증하는 증거물이라고 할 수 있다. 우리는 자신감을 일관되게 견지하는 훈련을 해야한다.

이를 위해 주기적으로 나 자신을 익숙하지 않은 상황과 새로운 사람들과의 만남에 노출시키자.

예를 들어, 중요한 자리에서의 프레젠테이션 경험이 부족하다면, 의도적으로 사람들 앞에서 발표하는 빈도를 늘리는 식으로 나 자신을 밀어붙이는 것이다.

나 같은 경우에는 소규모 회의나 모임에서부터 기회가 생길 때마다 적극적으로 사람들 앞에 나서서 이야기 하는 훈련을 하다보니 중요한 자리에서도 주눅들거나 긴장하는 정도가 확실하게 줄어드는 것을 느낄 수 있었다.

진정한 자신감은 보여주기 위해 애쓰지 않아도 자연스럽게 몸에 베어 있어야 한다.

어떤 상황에서도 자신의 가치를 당연한 것이라 믿고 의심하지 않을 수 있을 때 비로소 내가 아닌 다른 사람에게도 그것은 당연한 것으로 전달되어 내 말에 힘을 실어줄 것이다.

상대방에게 내 가치를 올바르게 전달하는 화술은 비단 비즈니스 상황에서 뿐만 아니라, 친구 사이, 연인 사이 등 모든 인간관계에서 필요한 것이며, 인간관계의 본질과 맞닿아 있다.

말이란 자신에게 붙이는 가격표와 같다. 자신의 가치를 더 비싸게 전달할 수 있다면, 그만큼 원하는 상대와의 관계는 수월해지고, 인생에서 얻을 수 있는 기회 또한 늘어나게 될 것이다.

# 객관화로 말하는 능력 키우기

나는 어릴 때부터 말을 잘하는 사람을 보면 부러운 마음이 들었다. 워낙 내성적인 성격이라 처음 본 사람 앞에서 말하는건 물론이고, 안면이 있는 사람들과의 대화에서 조차 두 마디 이상 이어가는 것이 힘들었다.

이성과의 대화는 상상조차 할 수 없었다. 어떤 상황에서든 대화는 나에게 곤혹 그 자체였다. 어느 순간, 긴장해서 머릿속에 무슨 말을 해야 할지 떠오르지 않는 나 자신이 너무 한심해서 더 이상 참을 수 없었고, 말하는 법을 배워야겠다고 결심했다.

처음에는 누구나 그렇듯 책을 읽고 강의를 들었다. 거기서 배운 기술과 이론들은 나름대로 그럴싸했고 흥미로웠다. 이것만 잘 따라하면 멋지게 말할 수 있을 거라는 기대가 생겼다. 하지만 막상 실전에 나서면 여전히 제자리에 멈춰 서 있었다.

책이나 강의만으로 말을 잘하게 될 수 없다는 사실을 깨닫게 되기까지는 그리 오랜 시간이 걸리지 않았다.

결국 내가 찾은 방법은 매우 단순했다. 내가 하는 말을 다시 듣고, 나 자신을 냉정하게 바라보는 것. 바로 피드백이었다. 통화를 하거나 회의를 할 때 녹음기를 사용하기 시작했다.

일상 대화에서도 녹음을 해놓고 다시 들어보며 어떻게 했으면 더 좋았을지 피드백하는 습관을 들였다. 이 과정은 생각보다 고통스러웠다.

녹음된 내 목소리를 듣는 순간마다 불편함이 밀려왔다. 내가 자주 사용하는 말버릇이나 중간중간 새어나가는 발음, 불안해하는 목소리가 얼마나 듣기에 거북한 것인지 느낄 수 있었다.

하지만 내가 느끼는 불편함과 거북함 만큼 고쳐야겠다는 동기부여 또한 확실해졌다. 그렇게 나는 강의와 책들을 통해 고칠 수 없었던 안좋은 습관들을 하나씩 고쳐나갔다.

이 과정에서 가장 중요한 것은 자기 객관화였다. 누구에게나 자신을 냉정히 돌아보는 것은 어렵다. 특히나 자신의 약점을 마주하는 일은 더더욱 그렇다. 나 또한 처음에는 고개를 돌리고 싶었다.

하지만 내가 나 자신을 객관적으로 바라보지 않으면 아무것도 변하지는 않는다는 사실을 알았다. 나를 변화시킬 수 있는 사람은 결국 나 자신뿐이었다.

녹음과 더불어 주변 사람들의 피드백에도 귀를 기울였다.

"네 말투가 조금 급해 보여." "너무 빨라서 무슨 말인지 잘 모르겠어." "너는 혀가 좀 짧은 것 같다." 와 같은, 크고 작은 지적들을 소중히 받아들였다.

그런 피드백을 통해 고쳐야 할 점이 드러나면 또 다시 개선을 위한 노력을 반복했다. 피드백을 요청하지 않은 상황에서 내 의지와 상관 없이 듣게 되는 지적들은 언제나 고통스럽고 수치스러웠다.

강제로 발가벗겨진 기분이 들기도 했다. 하지만 그런 기분을 회피하거나 부정한다고 해서 상황이 나아질 수는 없었다. 몇 달 뒤, 몇 년 뒤에도 같은 감정을 느끼지 않기 위해 나는 그 순간 모든 고통을 앞당겨 받기로 했다.

말을 잘하는 사람은 남다른 기술을 가진 특별한 사람이 아니다. 말을 잘하기 위한 특별한 비법도 없다.

끊임없이 내 말을 들어보고, 사람들의 피드백을 진지하게 수용하며 스스로를 객관화하는 과정이 전부다.

이 방법은 누구에게나 통하는 방법이다. 아니, 실제로 통하는 방법은 이것뿐이다. 중요한 건 내가 정말로 변하고 싶은 마음이 있는지, 그리고 변화를 위해 냉혹한 피드백을 두려워하지 않는지 여부다.

결국, 말을 잘하는 방법은 몇 개의 그럴듯해 보이는 스킬이 아니다. 스스로를 끊임없이 되돌아보고 변화를 위해 용기를 발휘하는 것만이 진정한 대화의 고수가 될 수 있는 유일하고 확실한 솔루션이다.

# 상대를 고려한 표현의 중요성

몇 년 전, 한 친구와 심각한 다툼을 했다. 그때 나는 그저 솔직하게 말했을 뿐이라고 생각했다. "너 정말 그렇게 사는 건 문제가 있는 거 아니야?"라고.

오히려 진심을 담아 충고해줬으니 상대가 고마워해야 한다고 여겼다. 하지만 그것은 나만의 생각일 뿐이었다. 친구는 크게 상처를 받았고, 한동안 나와 거리를 두었다.

그때 깨달았다. 솔직함이 항상 좋은 대화의 기준이 될 수는 없다는 것을.

우리는 흔히 진심을 전하는 것이 곧 '좋은 대화'라고 착각한다. 솔직하게 말하는 것이 가장 중요하다고 생각한다. 하지만 그 솔직함이 상대방에게 어떤 영향을 미칠지에 대해서는 거의 고민을 하지 않는다.

 '진심'이라는 이름으로 무심코 던진 말들이 상대에게는 씻을 수 없는 상처를 줄 수도 있다는 사실을 알지 못한다. '너 정말 못생겼다', '넌 너무 예민해'와 같은 말들을 생각해보자.

 이 말들이 솔직하기는 할지언정, 그러한 솔직함이 상대방에게 긍정적인 영향을 미칠까? 그렇지 않다는 사실에 누구나 동의할 것이다.

 대화는 단순한 의사의 교환이 아니다. 대화의 이면에는 감정과 의도가 존재하며, 그것이 상대방에게 어떻게 와닿을지에 대한 고려가 반드시 필요하다.

우리가 하는 말의 힘은 생각보다 훨씬 더 강력하다. 그 힘을 올바르게 사용하기 위해 우리는 상대방을 배려하는 태도를 가져야 한다.

또 다른 상황이다. 직장에서 회의를 하다가 동료와 의견 충돌이 있었다. 나는 분명히 논리적으로 반박하고 있다고 생각했지만, 시간이 갈수록 동료의 얼굴은 굳어졌다.

결국 회의가 끝난 뒤 동료가 나에게 다가와 말했다. "네 말이 논리적으로는 맞을지 모르겠지만, 그 말투는 너무 공격적으로 들렸어." 그 순간 깨달았다.

내가 아무리 옳은 말을 하더라도, 전달하는 방식이 상대방에게 상처를 준다면 그 방식은 옳은 것이 아니라는 사실을. 그리고 그때부터 나는 말을 할 때마다 상대방이 어떻게 느낄지 사전에 고민하며 말투를 조절하는 습관을 들였다.

대화는 나만의 독백 무대 위에서 이루어지지 않는다. 우리는 상대와 함께 이야기를 나눈다. 그렇기 때문에 내가 대

화를 주도하는 상황에서 조차 모든 것을 내 방식대로 끌고
가서는 안 되는 것이다.

대화의 첫번째 원칙은 상대의 감정과 생각을 고려하는 것
이다. 내가 100% 솔직했더라도, 상대가 그것을 받아들이
지 못했다면 그 대화는 실패한 것이다.

그렇다고 거짓말을 해야 된다는건 아니다. 진실을 말하
되, 상대방을 배려하는 방식으로 말해야 한다는 뜻이다.

말의 내용이 똑같더라도 그것을 표현하는 방식에 따라
상대가 느끼는 기분과 의미는 완전히 달라지기 때문이다.

누군가에게 지적을 하거나 충고를 할 때도 그 사람의 입
장을 고려한 표현을 사용하는 것이 훨씬 더 효과적이다.

예를 들어, "너 그거 잘못하고 있어!"보다는 "이 부분만 개
선한다면 훨씬 더 좋을 것 같아!"라는 표현이 상대방에게
덜 공격적으로 와닿고 변화할 의지를 촉발할 것이다.

우리는 모두 대화를 통해 서로를 보다 잘 이해하고 관계를 탄탄하게 쌓아가기를 원한다. 그러나 그 과정에서 상대방을 배려하지 않는 말들은 공들여 쌓아온 관계를 한순간에 무너뜨릴 수 있다.

대화를 잘하기 위해서는 나의 입 못지 않게 상대방의 귀 또한 중요하다는 사실을 잊지 말아야 한다. 어떤 대화에서든 내가 가진 지분은 50% 뿐이다. 나머지 50%가 온전히 상대방의 몫이 될 수 있도록 배려할 때 더 깊고 진실된 관계가 시작된다.

# " 상대를 100% 설득하는 빌드업 능력 "

어느 날, 친구와 대화를 하고 있었다. 사소한 요구였지만 마음속으로 내심 친구에게 바라는 바가 있었다. 그래서 나도 모르게 생각을 한꺼번에 쏟아내며 친구를 설득하려고 했다. "이게 훨씬 좋아. 이렇게 해야 해." 하지만 친구는 미묘한 표정 변화와 함께 고개를 돌렸다.

그때 깨달았다. 이건 설득이 아니라 강요라는걸. 내 생각을 아무리 열심히 전달하여노 그것만으로 상대가 동의하게 만들 수는 없었다.

사람들은 대화의 목적이 단순히 '의사의 전달'이라고만 생각하는 경향이 있다. 하지만 현실에서 대화의 목적은 그 이상이다.

본질적으로 봤을 때 대화는 상대로부터 원하는 것을 얻기 위한 과정이다. 이 과정에서 중요한 것은 내 요구를 상대방에게 일방적으로 전달하는 것이 아닌, 상대방이 내 의견에 공감하고 스스로 동의할 수 있도록 자연스럽게 상황을 조성해나가는 태도다.

우리가 일상에서 자주 하는 실수 중 하나는 자신의 의견을 너무 성급히 전달하는 것이다. 마치 폭포처럼 속마음을 쏟아내며 상대방이 바로 그 순간에 동의하길 기대하는 사람들이 많다. 하지만, 이렇게 다급하게 의견을 전달하는 태도는 오히려 상대방을 방어적으로 만들고, 원하는 대답을 얻는데 걸림돌이 된다.

그렇다면, 어떻게 해야 상대를 자연스럽게 설득하고 자발적인 동의를 이끌어낼 수 있을까?

핵심은 자연스러운 빌드업 과정에 있다. 설득의 본질은 곧바로 상대의 동의를 얻어내기 위한 빈틈없는 논리가 아니다.

그보다는 상대의 입장과 성향을 고려해 단계별로 설득에 필요한 상황을 조성해 나가는 리더십을 발휘하는 것이 훨씬 더 중요하다.

상대가 점진적으로 내 의견에 마음을 열고, 결국에는 나와 같은 생각을 하게 됨으로써 자발적으로 동의하고 싶은 마음이 들게끔 만들 수 있어야 하는 것이다.

설득은 결국 상대의 감정과 생각에 초점을 맞추어 공감하려는 태도가 전제되어야지만 가능해진다. 공감을 통해 상대외 같은 곳을 바라본 후에 서로가 한 곳을 바라본다는 확신이 들 때 비로소 원하는 요구를 제시하는 것이 진정한 고수의 설득법이다.

예를 들어, 직장에서 새로운 아이디어를 제안하는 상황을 가정해보자. "이건 꼭 이렇게 해야 해!"라고 강하게 주장하며 밀어붙이는 대신, 다른 사람들도 그 아이디어의 필요성을 확실하게 느낄 수 있도록 하나씩 상황을 풀어가는 것이 보다 효과적으로 동료들을 설득할 수 있는 방법인 것이다.

"만약 우리가 이렇게 하면, 어떤 점에서 더 나아질 것 같아?"라는 질문으로 사람들의 생각을 열어주고, 자연스럽게 내가 원하는 결론까지 도달할 수 있도록 차근차근 다음 단계의 대화를 이끌어가보자.

그러면 상대는 내가 요구했기 때문이 아니라, 스스로가 원했기 때문에 그러한 결론을 내린 것처럼 느끼게 된다.

이런 점에서 봤을 때 설득의 중요한 핵심은 상대의 감정에 대한 존중이다. 결국은 내가 제시하는 의견을 상대방이 어떻게 받아들이는지에 따라 설득의 결과가 결정되는 것이다.

논리적으로 완전한 요구도 상대가 감정적으로 거부감을 느낀다면 아무런 효과를 발휘하지 못한다. 그렇기 때문에 설득을 할 때는 상대와 나 사이의 감정적 유대를 가장 먼저 생각해야 한다.

급할수록 더더욱 상대와 감정적 유대감이 충분히 쌓일 수 있도록 공을 들여야 한다. 상대가 마음을 열어야 비로소 내 제안에 귀를 기울이고 동의하고 싶은 생각이 들게 되기 때문이다.

원하는걸 얻기 위한 설득의 과정은 상대와 호흡을 맞춘 후 적절한 제안의 타이밍을 읽어내는 섬세한 공감의 예술이다.

이 예술을 제대로 배우고 익혀서 실전에 반복적으로 적용하다 보면 시간이 지날수록 상대방과의 관계에서 원하는걸 얻기가 수월해지는 것을 실감할 수 있을 것이다.

# 조혜주

서강대학교에서 중국문화와 교육학을 전공했다. 어릴 적부터 "공부가 세상에서 제일 쉽다"는 말을 믿으며, 교육, 언어, 인문사회에 대한 폭넓은 관심을 갖고 깊이 탐구해 왔다.

㈜효성 전략본부에서 10년간 워킹맘으로 일하다가, 경력 단절 후 책과 글쓰기를 통해 온전한 '나'의 삶을 살아내는 원동력을 얻고 있다.

현재 전자책 출판사 페이지턴의 대표이자 교원의 에듀플래너로 활동한다. 5개 국어를 공부하며 확장된 세계를 경험하고, 아이들과 지식을 나누는 것을 큰 기쁨으로 여긴다. 교육과 인문 에세이 분야에서 독자들과 따뜻한 이야기를 나누고자 한다.

저서로는 《고독의 미학》,《너와 나, 그 사이의 온도》,《노벨 문학상의 모든 것》,《ADHD를 조장하는 사회》 등이 있다.

스레드 @heejoo_momcoach

# '경청'해라.
# '멍청'하고 싶지 않다면

    과장 2년 차 때의 일이다. 회사에서 신입사원들과의 일대다 멘토링을 진행했다. 특정 프로그램에 대해 무려 7년 동안 쌓아 온 경험이 있었기에 나는 꽤나 자신만만했다.

    그전에도 멘토링을 여러 번 진행한 경험이 있었고, 데이터를 충분히 쌓아 두었다. 신입사원들의 고충이야 내게는 '별것 아닌 투정'에 불과했다.

    멘티들이 상담을 요청했다. 프로젝트에 대한 고민이라면, 맞춤형 솔루션 하나쯤은 던져 줄 자신이 있었다. 그중 옆

팀에 갓 들어온 후배 하나가 자신의 고민을 털어놓았다. 고민거리는 진부했다.

'이런 문제는 수없이 많이 다뤄봤잖아. 더 들을 필요도 없지.'

나는 그녀의 말을 잠시 멈추고, 능숙하게 해결책을 쏟아냈다. 그런데 말이 채 끝나기도 전에, 그녀의 표정이 점점 굳어가는 것을 느꼈다. 무언가 잘못되고 있었다. 그녀는 말했다.

"제가 그런 말을 듣고 싶어서 여기 온 건 아니에요."

그녀는 자리를 떠났다. 나는 홀로 남아 그 상황을 곱씹었다. 처음엔 그녀가 무례하다고 생각했다. 두 번 돌이켜 생각하니, 내가 잘못한 것이 분명했다.

나는 그저 멍청한 대답을 늘어놓았을 뿐이다. 왜 그랬을까?

나는 듣지 않았다.

대화 중 우리는 종종 상대방이 말하는 동안 어떻게 답할지를 고민하느라 정작 그들이 무슨 말을 하는지 깊이 듣지 않는다.

상대방이 겨우 자신의 이야기를 끝마치면 기다렸다는 듯이 말을 쏟아내지만, 그 말은 종종 상대의 진짜 고민과 엇나간다.

문제는 우리가 상대방의 말을 표면적으로만 듣고, 그 뒤에 숨겨진 감정과 맥락을 놓친다는 점이다. 이는 대화를 왜곡시키고, 결국 상대에게 진정한 도움을 주지 못하게 만든다.

대화에서 중요한 것은 말하는 시간이 아니라, 듣는 시간이다. 듣는 것이 말하는 것보다 어렵다는 건 누구나 알고 있다. 그리고 바로 그 어려움이 경청을 더욱 가치 있게 만든다.

잘 듣는 사람은 상대방의 감정과 진짜 고민을 이해할 수 있고, 그들이 진정으로 원하는 답을 찾아줄 수 있다. 내가 멘티에게 주어야 했던 것은 똑똑한 조언이 아니라, 그녀의 이야기에 온전히 귀 기울이는 나였을 것이다.

그녀가 진정으로 바랐던 것은 해결책이 아니라 공감이었을지도 모른다. 어쩌면 그녀는 자신의 고민을 털어놓는 과정에서 스스로 문제의 실마리를 찾고 돌아갔을지도 모른다.

경청은 상대방의 말을 단순히 받아들이는 것이 아니다. 독일 철학자 한스게오르크 가다머(Hans-Georg Gadamer)는 이렇게 말했다.

"경청은 단순히 말하는 것을 멈추는 것이 아니라, 상대의 말을 이해하고 그 안에서 새로운 의미를 발견하는 능동적이고 창의적인 과정이다."

즉, 경청은 수동적인 행위가 아니라, 상대방의 이야기를 진심으로 받아들이고 그 속에서 의미를 찾는 적극적인 태도를 요구한다.

경청의 태도는 인간관계에서 특히 중요하다. 친구와의 사소한 대화, 가족과의 갈등, 직장에서의 회의에서도 경청은 빛을 발한다. 특히 가족이나 가까운 사람과의 관계에서는 더욱 그러하다.

아이가 학교에서 겪은 하루를 이야기할 때, 배우자가 직장에서 있었던 일을 말할 때 당신의 태도는 어떠한가?

우리는 본능적으로 조언하려고 하지만, 그 순간 필요한 것은 해결책이 아니라 그들의 이야기를 있는 그대로 들어주는 경청이다.

눈을 마주치고 "그랬구나."라고 말하며 고개를 끄덕이는 것만으로도 관계의 마법이 시작된다.

'경청'하지 않고 말한다면, 우리는 '멍청'한 답을 내놓게 될 뿐이다. 경청이 부족한 대화는 대개 겉돌고, 아무리 해결책을 제시하려 해도 그 답은 빗나가기 마련이다.

때로는 듣는 것만으로도 상대는 스스로 문제를 해결할 수 있는 힘을 얻게 된다. 말을 잘하는 사람이 꼭 해법을 잘 제시하는 사람은 아니다.

오히려 말을 아끼고 상대의 이야기를 깊이 들어주는 사람이 좋은 대화 상대가 된다. 대화를 시작하기 전에, 우리는 항상 기억해야 한다. '지금 나는 잘 듣고 있는가?'

경청은 단순한 기술이 아니다. 단순히 듣는 행위만이 아니라, 상대방의 존재와 감정을 존중하는 행위이며, 진심으로 그들을 이해하려는 마음의 태도다.

또한, 상대의 말 속에 숨겨진 진정한 의미를 찾아내는 적극적인 과정이기도 하다.

경청하지 않는다면 그 관계는 결국 피상적으로 남게 된다. 그러나 진심으로 들어주는 사람은 신뢰를 쌓고, 서로에게 진정으로 다가가는 관계를 만든다.

아이가 학교에서 겪은 하루를 이야기할 때, 그것이 사소해 보일지라도 귀 기울여 보자.

눈을 맞추고, 가볍게 고개를 끄덕이는 순간, 아이는 자신이 의미 있는 존재로 존중받고 있음을 느낄 것이다.

배우자가 직장에서 힘든 일을 겪었다며 속 이야기를 꺼내놓을 때, 당신은 재판관이 아닌 지지자처럼 다가서길 바란다. 내 편이라는 안도감을 주자.

조언보다 공감이, 충고보다 이해가 관계의 무게를 결정짓는다.

# 말은 인격입니다

얼마 전 집에 식기세척기가 고장났다. 수리기사를 부를까, 새로 살까 망설이다가 결국 수리기사를 부르게 됐다.

망설이던 시간이 무색하게 기사님은 익숙한 손놀림으로 금방 말 못하는 기계의 문제를 해결해 주었고, 나는 그의 숙련된 모습에 새삼 존경심을 느꼈다.

시원한 물 한 잔을 건넸다. 그는 꾸벅 목인사를 하며 손에 낀 장갑을 벗었다. 알 듯 모를 듯한 미소가 보였다. 잠시 목을 축이고 한숨 돌리던 그가 문득 이렇게 말했다.

"며칠 전에 어느 집을 갔는데, 그 집 아이가 말을 듣지 않았는지 엄마가 애를 혼내며, 이렇게 말하더라구요. '너 자꾸 이러면 나중에 저 아저씨처럼 된다.'라고요."

그가 말을 멈추자, 나는 순간 무거운 기운을 느꼈다. 무슨 말을 어떻게 해야 할지 생각이 나질 않았다. 위로를 해야 할까, 기사를 비하한 사실을 알지 못하는 엄마를 비난해야 할까.

그저 묵묵히 자신의 일을 해내는 그에게, 아이 엄마가 던진 그 한마디는 얼마나 큰 상처가 되었을까. 마음이 씁쓸해졌다. 그는 이 일을 하면서 가족을 부양한다.

정당하고 신성한 노동이다. 그러나 자신의 직업이 이유 없이 비하당하는 순간은 마치 인생 전체를 부정당한 것처럼 느껴질 수 있다.

사람은 누구나 각자의 자리에서 일하며 살아간다. 그러

나 우리의 사회는 직업에 따라 사람을 다르게 대하는 경향이 있다.

이런 차별적인 시선은 때때로 무심코 던진 말에서 드러난다.

우리는 종종 말이 가진 힘을 과소평가한다. 무례한 말은 듣는 사람에게 깊은 상처를 남긴다. 특히 아이들 앞에서 부모가 하는 말은 더 신중해야 한다. 부모가 무심코 던진 말이 아이가 세상을 바라보는 기준이 되기 때문이다.

그 엄마의 말로 인해 그 아이는 타인을 평가하는 기준을 배웠을 것이다. 말은 보이지 않는 칼과 같다. 상처를 남기지 않지만, 그 상처는 오래도록 마음에 새겨진다.

상대가 어떤 사람인지 알고 싶다면, 격식을 차린 자리에서의 말만으로는 쉽지 않다. 특히 비즈니스 자리에서는 본성을 간파하기 어렵다.

그러나 사람의 본성을 파악할 수 있는 한 가지 방법이 있다. 바로 '말 습관'이다. 이와 관련해 '웨이터 법칙(Waiter Rule)'이 잘 설명해 준다.

웨이터 법칙이란, 행동심리학의 한 개념으로, 사람의 인격이나 성격을 평가할 수 있는 중요한 방법 중 하나다.

워렌버핏(Warren Buffett)이나 빌 스완슨(Bill Swanson) 같은 유명 CEO들이 인용해서 유명해졌다.

식당에서 일하는 웨이터나 웨이트리스 같은 상대적으로 권력이나 지위가 낮은 사람을 어떻게 대하는지를 통해 그 사람의 진짜 성격을 알 수 있다는 것이다.

일례로, 중요한 비즈니스 자리가 마련된 고급 식당에서 한 웨이터가 실수로 손님의 양복에 와인을 쏟았다. 당황스러울 법한 상황에서 손님은 웨이터에게 웃으며 말했다.

"오늘 바빠서 샤워를 못했는데, 그걸 어떻게 알았죠?"

그 자리에 있던 IT업체 CEO 데이브 굴드(Dave Gould)는 즉시 그 사람과 거래를 시작했다고 한다.

그는 불쾌할 수 있는 상황에서 상대를 배려하는 모습이 그 사람의 인성과 품격을 보여준다고 말했다.

반대로, 어떤 사람은 상대방의 실수를 용납하지 못한다.

"야! 책임자 불러와!"
"너 내가 여기서 해고시킬 수 있어!"

이런 막말을 하며 상대를 무시하는 모습을 보일 때, 그 사람의 본성도 드러난다.

유명 의류업체 CEO 브렌다 반스(Brenda Barnes)는 "웨이터나 부하직원을 쓰레기처럼 대하는 사람을 믿을 수 있겠어요?"라며, 상대를 존중하지 않는 태도는 비즈니스에서도 신뢰할 수 없다고 강조했다.

 말은 인격이다. 우리는 종종 감정에 휘말려 상대에게 함부로 말을 던질 때가 있다. 그러나 그 순간조차도 우리의 말은 우리의 품격을 드러낸다.

 상대방을 무례하게 대하는 사람은 자신에게 돌아올 그 결과를 생각하지 못한다. 말은 되로 받는다.

 몇 해 전 경비원의 죽음이 사회적으로 큰 충격을 주었다. 아파트 주민의 폭언과 학대가 그 원인 중 하나로 지목되었다.

 이 사건은 우리가 말의 무게를 다시 생각하게 한다. 말 한마디가 누군가에게 얼마나 큰 상처를 줄 수 있는지, 그 상처가 어떤 결과를 초래할 수 있는지를 말이다.

스쳐 지나가며 건네는 "수고하시네요," "감사합니다,"의 인사는 결코 어려운 일이 아니다. 그러나 이 작은 말 한마디가 주는 위로와 존중은 그 어떤 말보다도 강력하다.

인터넷에 한 경비원이 남긴 댓글이 있다. "경비원을 보시면 '수고하시네요' 한마디만 해 주시길 부탁드립니다. 그저 빈말이라도 좋으니 그 말을 해주세요."

이 글을 읽고 나서, 평범한 "수고하시네요"라는 말이 얼마나 큰 의미를 지니는지 깨달았다.

말은 이 세상에서 가장 쉬운 일인 동시에 가장 어려운 일이기도 하다. 말은 그 사람의 인격을 드러내며, 무심코 던진 말이 상대의 인생에 깊은 상처를 남길 수 있다. 우리는 자신이 사용하는 말 한마디 한마디를 신중히 돌아볼 필요가 있다.

내가 무심코 던진 말이 누군가에게는 평생의 상처로 남을 수 있기 때문이다.

이 글을 읽는 당신에게 묻고 싶다. 오늘 당신의 말은 어땠는가? 누군가에게 상처를 주진 않았는가?

말은 우리의 품격과 인격을 드러낸다. 그러니 오늘부터 나의 말 습관을 다시 한번 점검해보는 것은 어떨까.

# 괜찮아요. 난 안 괜찮아요.

얼마 전 집 앞에 새로운 카페가 생겼다. 보통 프랜차이즈와는 다른 분위기에 며칠을 망설이다가 어느 날 아침, 전단지를 나누는 한 청년을 보았다.

수줍은 미소로 전단지를 나누던 그의 모습이 인상적이었다. 전단지를 받아 든 뒤, 그는 사람들에게 계속 손을 내밀었다. 그러나 다들 바삐 걸음을 옮기며 똑같이 답했다. "괜찮아요."

언뜻 보기엔 평범한 거절이지만, 그 말 속에는 어쩌면 "귀

찮게 하지 말아 달라"는 무심함이 숨어 있었다. 나 역시 전단지만 건네받고 정작 말 한마디 건네지 못했다. 그는 아마 하루 종일 "괜찮아요"라는 말을 수없이 들었을 것이다.

"괜찮아요"는 거절을 위한 예의 바른 말이지만, 종종 무심하게 들리기도 한다. 그 청년에게 "고마워요"라든지 "한 번 가볼게요" 같은 말을 건넸다면 조금은 달랐을지 모른다. 이 작은 말 한마디가 그에게 위로가 되었을 수도 있다.

심리학에서 '긍정 강화'라는 개념이 있다. 긍정적인 말이 상대의 태도와 감정을 긍정적으로 변화시킬 수 있다는 것이다. 우리는 종종 누군가에게 던진 작은 말이 그의 하루를 바꿀 수 있다는 사실을 잊는다. 누군가의 하루가, 더 나아가 삶이 우리의 말 한마디로 달라질 수 있다면, 말을 신중하게 사용해야 하지 않을까?

우리의 일상에서 습관적으로 내뱉는 말은, 그 의도와는 별개로 상대에게 영향을 미친다. '괜찮아요'라는 무심한 거절 대신 "수고하시네요," "감사합니다"와 같은 작은 인사

한마디가 그 사람의 하루에 얼마나 큰 변화를 줄 수 있을까?

말은 우리가 일상에서 가장 쉽게 쓸 수 있는 도구이자, 가장 큰 영향을 미치는 힘이다. 누군가에게 전하는 따뜻한 한마디가 그 사람의 마음속에 작은 변화를 일으킬 수 있다는 것을 기억하자.

이제, 나의 말 습관을 다시 한 번 돌아보자. 내가 무심코 던진 말이 누군가에게 평생의 상처가 되지 않았을까? 또는, 반대로 작은 말 한마디가 누군가의 마음을 따뜻하게 해 준 적은 없었을까?

우리의 말은 순간의 감정이나 상황에 따라 쉽게 결정된다. 그러나 그 말이 누군가의 하루를 바꾸고 삶에 작은 변화를 일으킬 수 있다면, 우리는 매 순간 우리의 말에 대해 더 깊이 생각할 필요가 있다.

다음번에 누군가 다가와 무언가를 건넨다면, 무심한 "괜찮아요" 대신 조금 더 따뜻한 한마디를 건네보자. 그 작은 변화가 큰 울림을 만들어낼지도 모른다.

# 실수, 성장의 밑거름

누구나 실수를 한다. 크건 작건, 절대 실수하지 않는 사람은 없다. 내가 처음 직장에 들어갔을 때, 중요한 회의에서 큰 실수를 저질렀다.

프로젝트 진행 상황을 발표하는 자리에서 달러화의 천 단위 이하를 절사한 것을 착각해 잘못된 매출 데이터를 제시한 것이다.

발표가 끝난 후에야 실수를 눈치챘고, 온몸에 식은땀이 났다. '이제 어쩌지?'라는 생각만 머릿속을 가득 채웠고, 그

날 밤 잠도 제대로 못 잤다.

하지만 시간이 지나며 깨달은 것은, 실수는 그 자체로 끝나는 것이 아니라, 그 이후 어떻게 대처하느냐에 따라 결과가 달라질 수 있다는 점이다.

누구나 불안해하고 자책하지만, 중요한 것은 그 실수를 어떻게 받아들이고 대처하는지다. 이 과정에서 우리는 중요한 교훈을 얻는다.

**실수를 대하는 첫걸음: 진심 어린 사과**

첫 번째로 중요한 것은 진심 어린 사과다. 많은 사람들이 실수를 인정하는 것을 두려워하지만, 실수를 덮으려 할수록 상황은 더 나빠진다. 예를 들어, 발표 중 잘못된 데이터를 제시한 이후 나는 이렇게 말했다.

**"제가 실수했습니다. 잘못된 데이터를 드렸습니다. 정말 죄송합니다."**

실수를 명확하게 인정하고 책임지는 것이 중요하다. 변명을 하려는 유혹이 있을 수 있지만, 솔직하게 자신의 실수를 받아들이는 태도는 상대방에게 신뢰를 줄 수 있다.

물론 사과한다고 모두가 용서해주는 것은 아니다. 상사의 질책을 받을 수 있으며, 그 질책을 감내할 용기도 필요하다.

사과할 때는 상대방의 감정에도 공감하는 것이 중요하다. 그때 나는 이렇게 덧붙였다.

**"제 실수로 인해 불편을 끼쳐드렸을 텐데, 정말 죄송합니다. 실망하셨을 것을 충분히 이해합니다."**

이처럼 상대방의 감정에 공감하는 태도를 보이면, 그 사람은 자신이 존중받고 있다고 느끼게 된다. 실수를 만회하는 데 이 태도가 중요한 역할을 한다.

사과만으로는 충분하지 않다. 구체적인 해결책을 제시해야 한다. 대단한 해결책이 아닐 수 있지만, 실수를 해결하려는 태도 자체가 중요한 의미를 지닌다. 그때 나는 이렇게 말했다.

**"다시는 이런 일이 발생하지 않도록 데이터를 철저히 검토하겠습니다. 다음 보고서에는 정확한 내용을 반영하겠습니다."**

실수를 인정한 후에는, 그 실수를 어떻게 바로잡을지에 대한 구체적인 계획을 제시해야 한다. 중요한 것은 실수를 반복하지 않겠다는 다짐과 앞으로 나아갈 방향을 제시하는 것이다. 재발 방지를 약속하는 것도 중요하다.

**"이번 실수를 교훈 삼아, 앞으로 더 철저히 준비하겠습니다."**

이 말은 신뢰를 회복할 수 있는 기회를 확보하도록 한다.

신뢰를 회복하는 데는 시간이 걸린다. 실수는 한 번의 사과와 해결책으로 끝나지 않는다. 그 이후 꾸준한 소통과 진정성 있는 행동이 필요하다.

실수를 만회하려는 노력은 더 자주 대화하고, 협력하는 모습을 보이는 데서 시작된다. 예를 들어, 이렇게 말할 수 있다.

**"앞으로 더 자주 소통하고, 진행 상황을 꼼꼼히 공유하겠습니다."**

지속적인 소통과 문제 해결을 위한 진정성 있는 노력은 실수를 극복하고 신뢰를 쌓는 데 큰 도움이 된다.

실수는 누구나 저지를 수 있다. 중요한 것은 그 실수를 어떻게 받아들이고, 어떻게 대처하느냐다. 실수를 피할 수는 없지만, 그것을 성장의 기회로 바꾸느냐가 우리의 발전을 결정한다.

다음에 실수를 하게 된다면, 자책하지 말자. 실수는 끝이 아니라, 새로운 시작의 출발점이다. 실수를 통해 배우고 나아가는 자세를 갖는 것이 중요하다.

실수를 너무 무겁게 여기지 말자. 우리를 조금 더 단단하게 만드는 과정일 뿐이니까.

# 숫자가 주는 힘:
# 명료함, 신뢰, 그리고 기대

대학시절 취업준비를 하며 소위 "면접의 신"이라 불리던 선배에게 코칭을 받은 적이 있다.

그는 당시 심각한 취업난에도 불구하고 대기업 3사와 주요 은행권을 모두 합격하여 후배들의 선망의 대상이 되었다. 그 선배가 알려준 면접의 꿀팁은 바로 "숫자로 말하기"였다.

면접은 제한된 시간 안에 자신이 생각하는 것을 조리있게 말할 수 있어야 한다.

이 회사에 왜 들어오고 싶은지, 입사 후에 하고 싶은 일이 무언지, 혹은 어떤 경제 사회 현상에 대한 어떤 질문을 받더라도 대답은 첫째, 둘째, 셋째로 풀어야 한다는 것이다.

면접 처럼 중요한 순간은 또 있다. 한 번은 중요한 미팅 자리에서 짧은 스피치를 해야 했다. 3분이라는 짧은 시간 동안 내 생각을 어떻게 정리해야 효과적으로 전달할 수 있을까? 수많은 말들이 머릿 속을 맴돌았고, 그 순간 나는 면접 준비를 할 때 처럼 "숫자로 말하기"를 떠올렸다.

"제가 이 프로젝트를 제안하는 이유는 세 가지입니다." 라는 말로 발표를 시작한 순간, 말이 놀랍도록 정리되고, 상대방의 시선이 나에게 집중되는 것을 느낄 수 있었다.

숫자는 말에 명료함을 더하고, 사람들에게 기대감을 심어주는 강력한 도구였다.

숫자를 활용하여 말하면 크게 3가지의 장점이 있다.

## 1. 숫자는 명료함을 준다.

첫째, 숫자는 내 말을 준비된 것처럼 보이게 한다. "이 일을 해야 하는 이유는 세 가지입니다."라는 말로 시작하면, 내 생각이 구조적으로 정리되었음을 자연스럽게 전달할 수 있다. 듣는 사람의 입장에서도 계획적이고 명확하다는 인상을 받게 된다.

사람들은 본능적으로 체계적인 논리를 신뢰하는 경향이 있다.

말의 흐름을 타고 숫자가 하나씩 나올 때, 마치 책장을 한 장씩 넘기며 이야기를 따라가는 것처럼 명료한 구조가 머릿속에 그려진다.

숫자가 주는 이 명확함은 자신감으로도 이어진다. 우리는 종종 무의식적으로 머릿속에 많은 생각들을 쌓아둔다.

그것을 숫자라는 틀에 담아내면 복잡했던 생각들이 정리되어, 스스로도 더 자신감 있게 말할 수 있게 된다.

숫자가 가지런히 정리된 말은 마치 정돈된 서랍처럼 깔끔하게 듣는 이의 귀로 전달된다.


## 2. 숫자는 호기심을 자극한다

둘째, 숫자는 듣는 사람의 호기심을 자극한다. "이 제품의 세 가지 장점은…" 혹은 "제가 이 여행지를 추천하는 두 가지 이유는…" 이런 식으로 말을 시작하면 상대방은 자연스럽게 '그 다음'을 기대하게 된다.

사람들은 숫자가 주는 구조적 질서에 따라 이야기가 마무리될 때까지 관심을 유지한다. 첫 번째 이유를 들으면, 두 번째 이유는 무엇일지 궁금해지고, 마지막 세 번째 이유가 나올 때까지 긴장을 늦추지 않는다.

특히 "첫째는 이것이고, 둘째는 저것입니다"라고 말할 때, 청중은 자연스럽게 머릿속에서 그 순서를 따라가며 듣는다.

마치 퍼즐 조각을 하나씩 맞추는 듯한 쾌감이 있기 때문이다. 이런 정리된 구조는 내가 무슨 말을 할지 예상할 수 없을 때보다 훨씬 효과적으로 메시지를 전달한다.


## 3. 숫자는 신뢰감을 준다

셋째, 숫자는 말에 신뢰감을 더한다. 숫자는 객관성과 구체성을 담고 있기 때문에, 이를 통해 전달되는 정보는 더욱 신뢰할 만한 것으로 받아들여진다.

예를 들어, "이 회사는 지난해 매출이 20% 성장했으며, 그 중 15%는 해외 시장에서 나왔다."라는 말은 구체적인 수치 덕분에 더욱 믿음직스럽다.

수치나 통계는 내 말이 단순한 주장에 그치지 않고, 실제 데이터에 기반한 정보라는 것을 상대방에게 확신시켜 준다.

숫자를 사용하는 말은 이성적 사고를 보여주는 대표적인 방식이다. 그렇기 때문에 우리는 논리적이고 명확하게 사고하고 있다는 신호로 숫자를 포함한 커뮤니케이션을 한다.

말 그대로 '숫자는 거짓말을 하지 않는다'는 믿음을 준다.

숫자를 사용하는 말은 단순하면서도 강력하다. 어떤 말을 해야 할지 고민이 많을 때, 머릿속을 복잡하게 만드는 것들을 하나씩 숫자로 묶어보는 것도 좋은 방법이다.

"이 세 가지 이유로…" "이 두 가지 사실 때문에…"와 같은 말은 내 주장을 더 강력하게 뒷받침해 준다.

상대방이 헷갈리지 않도록 하고, 내가 전달하고자 하는

메시지가 명확하게 들리도록 도와주는 중요한 도구다.

숫자를 활용하면 불필요한 설명을 줄이고, 자연스럽게 말의 힘이 생긴다. 사람들은 자신도 모르게 숫자가 들어간 말에 귀를 기울인다.

숫자는 단순한 정보가 아니라, 그 자체로 사람들의 관심을 끄는 하나의 리듬이 된다. '첫째', '둘째', '셋째'라는 작은 틀 안에서 말은 자연스럽게 흘러가고, 듣는 이의 마음속에 하나씩 차곡차곡 쌓인다.

마치 음표가 이어져 음악을 이루듯, 숫자는 청중의 머릿속에서 명확하게 흐름을 만들어 준다.

숫자가 주는 호기심과 명료함, 그리고 신뢰감은 내가 전달하고자 하는 바를 상대방의 마음에 깊이 각인시킨다.

대표적으로 "매직 넘버 3의 법칙"은 바로 이런 숫자의 힘을 이용하는 대표적인 사례다. 왜 하필 3일까? 숫자 3은 짧고 명료하면서도 충분히 풍부한 정보를 제공한다.

마케팅에서 흔히 사용되는 '세 가지 핵심 장점'이라는 표현이 그래서 효과적이다.

애플의 스티브 잡스는 새로운 제품을 발표할 때 "아이폰은 세 가지 장점이 있습니다"라며 숫자의 힘을 적재적소에 사용해 청중을 집중시켰다.

숫자를 사용하면 불필요한 장황한 설명을 줄일 수 있다. 요즘처럼 시간이 귀한 세상에서 "이유는 단 세 가지입니다."라고 시작하는 순간, 청중은 자신도 모르게 기대를 걸고 귀를 기울이게 된다.

그리고 그 기대를 충족시켜주는 세 가지 포인트가 있을 때, 그들은 말이 끝날 무렵, 고개를 끄덕이며 이 사람은 정말 준비가 잘 되어 있구나"라는 생각을 하게 된다.

말은 사람과 사람을 이어주는 가장 중요한 도구다. 그 말에 숫자를 얹는 것은 그 도구에 날을 세우는 것과 같다. 숫자는 복잡한 생각 속에서 단순함을 찾아내는 방법이다.

다음번에 중요한 이야기를 해야 할 때, '숫자'를 떠올려 보자. 숫자가 만들어내는 명료함과 기대, 그리고 신뢰가 당신의 메시지를 어떻게 변화시키는지 직접 느낄 수 있을 것이다.

어쩌면 숫자는 단순한 언어가 아니라, 설득의 마법 같은 역할을 해낼지도 모른다. 결국, "첫째, 둘째, 셋째"로 이어지는 말의 흐름 속에서 당신의 메시지가 듣는 이의 마음속에 차곡차곡 쌓일 테니까.

그리고 숫자를 사용해 말할 때, 당신은 복잡한 문제를 한 번에 정리하는 기적을 경험하게 될 것이다.

물론, 수학을 싫어하는 사람들에게 '숫자'라는 단어만으로 불쾌한 추억을 불러일으킬 위험이 있을 수도 있지만, 여기서 말하는 숫자는 복잡한 계산이 아니라 명료한 소통의 도구일 뿐이다.

당신도 곧 이 작은 도구가 얼마나 강력한지 깨닫게 될 것이다.

만약 세 가지 이유를 말할 시간이 부족하거나 혹은 세 가지나 들먹일 이유가 없을 때는 어떻게 해야 할까? 여기 매력적인 답이 있다.

"제가 이 도시를 좋아하는 수 많은 이유 중에 가장 큰 이유는…"

"이 책을 추천하는 많은 이유가 있겠지만, 그 중에 하나를 꼽으라면…"

이런 말을 앞에 둘 때, 당신이 하는 말은 수 많은 이유와 근거를 대신할 가장 강력한 한 방이 될 것이다.

이 글을 읽고 있는 당신은 중요한 발표나 미팅에서, 숫자를 어떻게 활용해 왔는가?

숫자를 사용해 명확한 구조를 만들어내거나 신뢰감을 심어주었던 경험이 있는가? 아니면 아직 숫자의 힘을 아직 경험하지 못했는가?

다음번에 당신이 무언가를 전달해야 할 때, "숫자"라는 작은 도구를 떠올려 보자.

그 숫자가 당신의 메시지를 얼마나 명확하고 힘 있게 변화시키는지, 그리고 그 숫자가 청중의 마음속에 어떻게 깊이 새겨지는지 직접 경험할 수 있을 것이다.

# 필

그 시작은 성경의 한 구절에서 비롯되었다. "공중의 새를 보라 심지도 않고 거두지도 않고 창고에 모아들이지도 아니하되 너희 하늘 아버지께서 기르시나니 너희는 이것들보다 귀하지 아니하냐" (마태복음 6장 26절). 대학교 4학년, 남들은 취업을 준비하는 시기, 학기를 휴학하고 대한민국 2,500km를 30일 동안 자전거로 무전 여행하며 신의 존재를 확인해보고자 했다. 그때의 경험을 계기로 현재까지 24개국 17,000km를 자전거로 여행하며 세상과 나를 더 넓게 이해하게 되었다. 자전거 여행은 나라와 도시를 넘으며 수많은 사람들과 문화를 만나는 느림의 미학이다. 각국에서 마주한 따뜻한 환대와 낯선 환경은 새로운 시야를 열어주었고, 길 위에서 얻은 경험들은 나 자신을 발견하고 성장시키는 데 큰 영향을 미쳤다. 그것은 '나다움', 즉 '아름다움'을 찾아가는 과정이었으며, 그 여정은 지금도 계속되고 있다.

# 포커페이스 : 관계를 지키는 기술

당신의 운명이 동전 한 번 던지기에 달려 있다고 상상해 보라. 영화 〈노인을 위한 나라는 없다〉에서 안톤 시거는 무표정한 얼굴로 상대방에게 동전을 던져 선택을 강요한다.

죽음과 삶이 걸린 순간, 시거는 표정 하나 변하지 않은 채 상대방을 바라보며 극도의 긴장감을 만들어낸다. 상대방은 그가 무슨 생각을 하는지 전혀 알 수 없고, 그의 얼굴에서 감정을 읽어내려고 필사적으로 노력한다.

이 장면은 상대방의 심리를 혼란스럽게 만들며 포커페이

스가 얼마나 강력한 무기가 될 수 있는지를 보여준다.

이처럼 일상 속에서도 포커페이스는 감정을 숨기고 상대방을 읽지 못하게 만들어 상황을 주도하거나 갈등을 완화하는 도구로 활용될 수 있다.

의사소통은 단순히 말로만 이루어지지 않는다.

우리가 의사소통을 할 때, 말 속에 담긴 감정이 억양, 표정, 몸짓 등의 비언어적 요소와 결합하고 상대에게 전달되어 소통은 이루어진다.

하지만 우리가 일상에서 대화를 나누다 보면 상대방이 말하는 내용이 그들의 표정이나 행동과는 다르게 느껴질 때가 있다.

표면적으로는 부드럽게 말을 하지만 억양에서 강한 부정적 감정과 차가운 눈빛이 느껴진다거나, 반대로 말 자체는 직설적이지만 억양은 부드럽고 눈빛이 따뜻한 상황이 있다.

 이때 우리는 상대방의 말보다 비언어적 요소에 더욱 주목
하게 된다. 이는 우리가 일상생활 중 자주 마주하는 상황으
로 말 자체보다 감정이 더 강하게 느껴지는 상황 즉, **언행
불일치**의 순간이다.

 캘리포니아 대학에서 비언어적 소통의 중요성을 연구한
심리학자 앨버트 메라비언(Albert Mehrabian)은 의사소통
의 전달 요소를 말과 목소리의 톤, 얼굴 표정 세 가지로 보
았다.

 그는 효과적인 의사소통을 위해 이 세 부분이 일치해야
하며 이것이 일치하지 않을 때 상대방은 혼란스러울 수 있
다고 말한다.

 예를 들어,

 말 : "나 진짜 괜찮아, 신경 쓰지마."

행동 : (어깨를 축 늘어뜨리고 한숨을 쉬며 피곤한 표정을 짓는다)

말 : "이거 진짜 재미있다."
행동 : (무표정하게 휴대폰만 바라본다)

위와 같은 상황에서의 말은 문자적 의미보다 목소리 톤과 표정 등의 비언어적 요소가 상대방에게 신뢰될 가능성이 더욱 크다.

그의 연구가 호불호 상황에서의 예만 들었다는 점은 한계이지만 의사소통에 있어 비언어적 요소의 중요성은 우리도 충분히 공감할 수 있는 부분이다.

심리학자 데이비드 마츠모토(David Matsumoto)는 비언어적 요소가 감정 전달의 핵심이라 말하며 사람들은 말보다 더 많은 것을 몸짓이나 표정에서 해석하려 한다는 점을 강조했다.

특히, 감정을 숨기려 할 때에도 비언어적 요소는 쉽게 감출 수 없기 때문에 대화의 중요한 단서가 되고 비언어적 요소들이 상대방의 진심을 이해하는 데 큰 도움을 준다고 전했다.

이처럼 말과 비언어적 요소들이 결합되었을 때 우리는 말의 이면에 진심을 감추기도 하고 또 말 속에 숨겨진 진심을 읽어내려는 자연스러운 공방을 시작한다.

이것은 감정을 가진 인간으로서 당연하고 자연스러운 모습이지만 조화롭지 못한 언행 불일치는 관계에 오해를 불러일으켜 갈등 상황을 만들기도 한다. 이러한 갈등 상황에 도움이 되는 방법이 있는데, 바로 **포커페이스**다.

상대방의 심리를 읽어내는 게 중요한 카드 게임 포커 porker에서 자기 손에 든 카드가 좋거나 나쁘다는 단서를 상대에게 표정이나 행동으로 느러내지 않으려는 얼굴 face을 포커페이스 porker face라 한다.

포커페이스의 능력은 비단 포커 게임에서뿐 아니라 일상의 갈등 상황에서도 효과적으로 발휘된다.

갈등이 고조된 상황에서 포커페이스는 즉각적이고 성급한 감정 반응을 자제하여 상황이 격화되는 것을 방지하고 상대의 말을 냉정하게 듣고 문제의 본질을 객관적으로 바라볼 수 있는 시간을 마련해준다.

이는 상대와의 깊이 있는 대화를 이성적이고 차분하게 이어나갈 수 있는 기회를 제공하기도 하여 서로에게 불필요한 상처를 주지 않을 가능성을 높인다.

나아가, 포커페이스의 침착함이 오히려 상대에게 신뢰를 주는 매력 포인트로 작용할 수도 있어 관계에 있어 포커페이스는 팔방미인이라 할 수 있다.

하지만 포커페이스를 장시간 유지하거나 상황에 맞지 않게 활용한다면 상대의 감정을 불안하게 만들고 오히려 신뢰를 잃게 만들 수 있다.

특히, 친밀한 관계에서는 감정을 공유하고 이해하는 것이 더욱 중요한데 포커페이스는 진심을 숨기는 것처럼 보일 수 있어 감정적 유대감 형성에 방해가 될 수 있다.

따라서 의사소통에서 포커페이스는 상황에 맞게 적절히 사용해야 한다.

의사소통은 단순한 말의 주고받음을 넘어 마음과 마음을 연결하는 다리와 같다.

우리가 느끼는 감정과 말 사이의 불일치가 오해를 낳고 상처를 남기기도 하지만 진정한 소통은 감정을 숨기는 것이 아니라 감정을 조율하고 이해하는 과정에서 더욱 빛날 수 있다.

때로는 포커페이스로 차분하게 기다리며 싱대를 이해하려는 노력을, 때로는 용기 있게 자신의 마음을 드러내는 순간들이 우리를 더 가까이, 그리고 더 깊이 연결하며 우리의 삶에 따뜻한 변화를 가져다줄 것이다.

# 정상회담 : 세기의 만남

말에는 한 사람의 역사가 담겨 있다. 그 속에는 가족의 언어와 자라온 환경이 자연스레 녹아 있다.

한 사람의 역사는 세상을 살아가며 맺어진 다양한 관계 속에서 공식적, 비공식적으로 정의되어 언어적, 비언어적으로 소통하며 서로가 서로에게 물들고 물들이고 옆히고 덮이고 스민다.

대화에는 공식적으로 맺어진 가족과 나눌 수 있는 대화가 있고 연인 또는 친구와 나눌 수 있는 대화가 있으며 그 폭과 범주는 개개인 모두가 다르다.

하지만 말과 행동이라는 도구가 이러한 관계에 영향을 미친다는 사실은 모두가 공감할 수 있는 부분이다.

만약 정의된 관계보다 말 또는 행동의 양과 질이 넘치거나 부족하면 어떻게 될까?

**오해가 생긴다.**

가족의 문화가 모든 걸 공유하는 문화라면 말과 행동의 양이 부족한 것은 가족 구성원으로서 의무를 다하지 않는 것으로 여겨질 수 있고 다른 가족에게 서운함을 안겨 줄 수 있다.

연인 관계에 있어 서로에게 얼마나 관여하고 이해할 수 있는지 역시 서로의 역사와 문화를 얼마만큼 이해하는지에 달려있다.

이때, 나의 문화가 상대의 문화를 이해하지 못하거나 받아들이지 못하면 관계에는 서서히 금이 가게 된다.

친구 관계에서도 마찬가지다.

'찐친'이라는 이름 아래 하는 말과 행동이 일면식도 없는 남보다도 못한 관계 정도라면 이것이 자신이 생각하는 친구의 정의이거나 그게 아니면 자신의 친구 관계를 다시 정의해 볼 필요가 있다.

첫 만남의 경우, 자리와 대상에 따라 다르겠지만 세세한 신상을 꼬치꼬치 캐묻는 것 또한 정의된 관계보다 말 또는 행동의 양과 질이 넘친 경우라고 할 수 있다.

이처럼 관계 안에서의 오해는 개인의 역사에 의한 문화 차이에서 비롯되고 자신에게는 당연하게 여겨지는 말과 행동의 방식이 상대방에게는 이질적으로 느껴지며 발생한다.

인류학자이자 다문화 연구가 에드워드 T. 홀(Edward T. Hall)은 그의 저서 『The Silent Language』에서 문화적 차이가 의사소통에 끼치는 영향에 대해 설명하고 있다.

책에서는 사람들이 사용하는 시간과 공간 등의 개념이 문화마다 다르고 이 차이가 의사소통에 오해를 일으킬 수 있다고 말한다.

예를 들어, 시간에 대한 엄격한 개념을 가지고 있는 미국, 독일 등의 모노크로닉(Monochronic) 문화에서는 정해진 일정에 따라 일을 처리해야 하는 것이 무엇보다 중요하다.

반면, 인간관계와 유연성을 더욱 중요하게 생각하는 중동이나 라틴 아메리카 등의 폴리크로닉(Polychronic) 문화에서는 시간 엄수에 대한 압박이 상대적으로 적다.

공간적 측면에서 모노크로닉 문화에서는 상대방과의 가까운 거리를 불편하고 침해적인 것으로 여기지만 폴리크로닉 문화에서는 친밀함의 표현일 수 있다고도 말한다.

그의 연구는 우리가 단순히 언어적, 비언어적 의미만 이해하는 것이 아니라 그 사람의 배경에 숨겨진 문화적 맥락까지 고려해야 한다는 것을 강조한다.

사람과 사람이 만나는 것은 역사와 문화가 다른 두 세계가 만나는 것이며 이때 개인은 각 세계의 대표로서 이들의 만남은 **정상회담**인 것이다.

정상회담에서 잊지 말아야 할 자세는 누군가의 틀림이 아닌 서로의 다름을 인정하고 존중하는 것에서부터 시작해야 한다는 것이다.

나의 역사가 옳다고 생각되듯 너의 역사도 옳으며 관계는 그 사이 적당한 협의점을 찾아가는 과정이다.

협의점을 찾아가는 중, 이느 때에는 평화롭넌 관계에 전쟁이 일어날 수도 있고 그러다 다시 또 평화가 찾아올 수도 있다. 어찌 됐든 서로 다른 세계의 만남에서 존중은 필

수 불가결한 요소다.

이것은 같은 역사를 지닌 가족 안에서도 반드시 이루어져야 하며 가족 안에서부터 성공적으로 이루어져야만 전 생애적으로 만나는 모든 관계에 원활하게 적용될 수 있다.

같은 역사와 문화 안에서부터 존중받지 못한다면 전혀 다른 문화의 더 큰 세상 속 만남에서는 오해가 생길 확률이 더욱 높아지기 때문이다.

나의 역사가 상처받은 역사라 해도 어쩔 수는 없다. 이 또한 뼈아픈 나의 역사로 받아들이되 과거에 연연하며 곱씹고 한탄에 그치는 것이 아니라 정상의 태도를 갖춰 다시 일어설 기회로 삼아야 한다.

보다 나은 나의 세계를 확립하기 위해 이상적인 다른 문화와 역사를 학습하고 이해하고 배우며 성장하고 뿌리내리고자 노력해야 한다.

나의 역사로 인해 나의 의도에 다른 오해가 생기지 않게 나 자신이 정상임을 스스로가 잊지 말고 다른 정상과의 만남에서 존중으로 소통하자.

# 콜포비아 : 불완전함 속의 용기

일상생활에서 말보다 텍스트 메시지를 주고받는 것은 너무나 익숙하다. 친구에게 카카오톡을 보내거나 소셜미디어 댓글로 소통하기도 하고, 직장에서 문자를 통해 업무 내용을 지시하기도 한다. 이렇듯 현대 사회에서 텍스트 메시지는 쉽고 편하게 많이 사용하는 소통 수단 중 하나다.

이런 간편성 외에 텍스트가 지닌 또 다른 강점은 자신의 생각을 정리하여 차분하게 전달할 수 있다는 점이다. 이를 통해 소통 과정에서 벌어질 수 있는 실수를 줄일 수가 있다. 그러나 텍스트 안에 자신의 감정까지는 완벽하게 표현하지 못해 종종 오해가 생긴다.

반면, 직접적인 만남은 표정과 제스처와 같은 비언어적 요소가 더해져 말이 가진 의미를 더욱 풍부하게 전달할 수 있다.

텍스트와 만남 사이에 존재하는 것이 있는데 바로 통화다. 음성 통화는 즉각적인 응답이 필요한 그 특성상, 정의된 관계에 따라 두려움과 불안을 유발할 수 있다.

감정을 명확히 전달해야 한다는 부담과 준비되지 않은 상태에서 답변해야 한다는 불안이 통화를 피하게 만드는 요인이 된다. 이는 완벽주의 성향에서 비롯되기도 하지만 내면의 불안을 회피하려는 본능적 반응이기도 하다.

스탠포드 대학의 건강 심리학자 켈리 맥고니걸(Kelly McGonigal)이 불안에 대한 연구에서, 불안은 단순한 부정적 요소가 아닌 중요한 순간에 우리가 더 집중할 수 있도록 돕는 자연스러운 신체 반응이라고 설명한다.

또한 말할 때 불안감을 느끼는 것은 그 상황을 우리가 진지하게 받아들이고 있다는 증거이며 불안이 오히려 소통의 질을 높일 수 있어 부정적으로만 보지 말고 긍정적 신호로 해석해야 한다고 강조한다.

미국의 신경과학자 앤드류 휴버맨(Andrew Huberman) 역시 그녀와 비슷한 이야기를 하며 신체적 반응이 소통에 중요한 역할을 한다고 설명했다.

휴버맨은 불안 및 긴장과 같은 신체적 반응이 반드시 두려움으로 이어지지 않는다고 주장하며 오히려 그러한 에너지를 긍정적으로 재해석하고 도전의 신호로 받아들일 때 그 긴장감이 소통을 더욱 원활하게 만들어 준다고 말한다.

그러므로 이러한 신체적 반응은 우리가 말할 준비가 되어 있음을 나타내며 이것을 불안 대신 기대감으로 받아들이는 것이 중요하다.

요즘, 비대면이나 시간의 차이를 두고 메시지를 주고받는 비동기적 소통 방식이 확산되면서 디지털 소통을 선호하는 경향을 꼬집어 **콜포비아**라 부르는 시선이 있다.

하지만 시대와 세대는 끊임없이 변화하였고 이러한 변화 속에서 새로운 소통 방식에 적응하고 해결책을 찾아가는 것은 우리가 마땅히 인정하고 받아들여야 하는 부분이다.

다만 여기서 우려되는 것은, 우리가 텍스트를 선호하는 이유가 신중함에서 기인하기보다 '나'다움에 대한 부끄러움에서 시작한, '나'를 숨기고자 하는 이유에서는 아닐까 하는 것이다.

만약 그렇다면, 이를 위해 말의 불완전함을 수용하는 것이 소통의 첫걸음이다.

말이 꼭 완벽할 필요는 없다. 우리는 말하면서 실수하기도 하고 때로는 의도한 대로 전달되지 않지만 그럼에도 불구하고 말은 우리가 자신을 드러내고 세상과 연결되는 가장 중요한 수단이다. 말은 비록 불완전하더라도 그 속에 담긴 진심이 중요한 법이다.

우리는 완벽하게 전달되지 않더라도 계속해서 대화를 이어가야 하며 이를 통해 성장하고 관계를 더 단단히 만들 수 있다.

콜포비아와 같은 말에 대한 두려움도 완벽함을 추구하기보다 있는 그대로의 나를 존중하고 받아들일 때 극복할 수 있으며 이를 통해 더 깊은 소통과 관계 형성이 가능해진다.

15세기 조선 세종 때 쓰인 '석보상절'에는 아름다움의 '아름'을 '나'라 했다. 결국 '아름답다는 것'은 **나다운 것**이다.

아름다움을 드러내는 것은 비판받을지언정 진정한 나로 존재하는 것이며 이때 말은 나의 본질을 표현하는 도구이다. 비록 완벽하지 않더라도 진심이 담겨있는 나의 말은 그것으로 충분히 아름다운 것이다.

콜포비아가 '아름다움'에 대한 불확신에서 비롯된 두려움일 수 있지만 이를 성장을 위한 촉매제로 받아들일 때 소통의 질은 더욱 향상될 것이며 부담과 불안은 '나다움'으로 승화될 것이다.

따라서 우리는 불안과 실수를 두려워하기보다 이를 긍정적 스트레스(유스트레스, Eustress)로 받아들이고 성장의 기회로 삼아 계속해서 세상과 대화할 필요가 있다.

# 손절: 나를 지키는 기술

인간관계에서의 갈등과 단절은 대부분 말에서 시작된다.

우리는 말이라는 도구를 통해 감정, 생각, 의도를 전달하는데 말이 잘못된 방향으로 해석되거나 오해를 불러일으키면 갈등이 발생한다.

이때 말은 '손절'이라는 결정을 유발할 수 있는 중요한 요소로서, 말로 시작된 오해와 감정의 충돌이 관계의 틈을 벌리고 끝내 단절로 이어지기도 한다.

일반적으로 '손절'은 부정적으로 인식되지만, 자신을 보호하기 위한 선택이 될 수도 있다.

가족 구성원 간의 상호작용이 개인의 행동과 감정에 미치는 영향을 연구한 보웬 가족 시스템 이론에 따르면 감정적 손절은 해결되지 않은 갈등이나 심리적 스트레스에서 벗어나기 위해 사람들이 사용하는 방법이다.

예를 들어, 가족 간의 대화에서 갈등이 반복되며 관계가 악화되는 경우, 결국 가족일지라도 손절을 선택하는 경우가 있다.

또한, 지속적인 갈등이나 학대, 회복 불가능하다고 판단되는 관계에서 손절은 오히려 감정적·정신적 안정을 위한 최선의 선택이 될 수 있다.

상처 주는 말이 반복되거나 의사소통이 난설되면서 마음이 닫히게 될 때, 손절은 감정적 부담을 덜고 자신을 지키기 위한 필수적 결정이 될 수 있다.

연구에 따르면, 부정적 대화와 감정의 축적은 자아 존중감을 떨어뜨리고 장기적으로 심리적 고통을 초래할 수 있다고 한다. 반면, 손절을 통해 유독한 관계에서 벗어나면 감정적 부담이 줄어들고 새로운 기회를 맞이할 여유가 생긴다.

손절은 단순한 회피가 아니라 자신을 보호하고 관계를 정리하기 위한 중대한 결정이다. 하지만 손절 자체가 모든 문제를 해결해주지는 않는다.

보웬 가족 시스템 이론은 감정적 손절이 억제된 감정을 남기고 이후 다른 관계에서 더 큰 문제를 야기할 수 있다고 경고한다. 과거의 상처와 억눌린 감정이 다른 관계에서 표출되며 새로운 갈등을 유발할 수 있기 때문이다.

따라서 손절을 선택한 후에는 단절된 관계를 통해 억눌렸던 감정적 상처를 되돌아보며 치유와 회복, 성찰의 시간을 갖는 것이 반드시 필요하다.

감정적 거리와 여유를 통해 자신을 돌보고 성장할 수 있는 시간을 갖는 것은 더 건강한 미래의 관계를 위한 준비가 된다.

때로는 손절이 부정적 결과를 초래할 수 있지만 특정 상황에서는 자신을 보호하기 위한 필수적인 선택이 될 수 있다.

중요한 것은 손절 이후 자신을 돌보고 성찰하는 과정을 통해 더 나은 관계 형성의 기회를 찾는 것이다. 손절은 관계의 단절이 아닌, 갈등을 정리하고 더 나은 삶을 위한 미래를 열어주는 열쇠이기도 하다.

# 사람의 마음을 얻는 법:
# 진정성과 구체성

속담 '말 한마디로 천 냥 빚을 갚는다'는, 말의 힘을 상징적으로 나타내며 한마디 말이 얼마나 큰 영향을 미칠 수 있는지를 보여준다.

그때의 천 냥을 현재의 화폐 가치로 환산하면 약 7천만 원에 해당하는 큰 금액이다.

만약 속담이 조금 친절하게 천 냥 빚을 갚기 위해 어떤 말을 했는지까지 알려줬다면 세상 모든 빚쟁이는 자신의 빚을 탕감받고, 속담의 창시자는 최소 노벨평화상을 받았을지 모른다.

하지만 속담은 그저 한마디 말의 중요성만 강조할 뿐이다. 그렇다면 채무자는 어떻게 7천만 원이라는 큰 빚을 단한마디 말로 모두 갚았을까?

상식선에서 상상해 보자면 채권자는 채무자의 말을 듣고 감동해서 빚을 탕감해 줬을 것이다. 추측건대, 그 말은 아마도 칭찬이었을 가능성이 크다.

그 근거는 '칭찬은 고래도 춤추게 한다'라는 속담에서 찾을 수 있다.

춤추는 고래의 모습을 본 적 없는 나의 입장에서 칭찬이 그 큰 고래까지도 춤을 추게 만든 진귀한 상황을 연출했다는 점은 꽤나 합리적으로 천 냥 빚을 탕감 받는 데에도 칭찬이 활용되었을 수 있다는 가능성을 가늠케 한다.

하지만 칭찬도 짧은 한마디 말로는 부족한 것 같다. 사람의 마음을 움직이기 위해서는 칭찬에도 구체성과 진정성 있는 표현이 몇 가지는 더 들어가야 할 것 같다.

예를 들어, 발표를 잘한 회사 동료에게 "잘했어."라는 말 보다는 "너의 발표는 정말 훌륭했어, 특히 자료를 세밀하게 정리한 점이 인상적이었어!"와 같은 세세한 칭찬이 더 큰 영향을 미칠 것이다.

다른 예로, 요리를 해준 남자 친구에게 "맛있네."라는 짧은 한마디 말보다 "너의 요리 솜씨는 정말 최고야, 이븐하게 익은 스테이크는 미슐랭 쓰리 스타 레스토랑도 궁금하지 않게 만들어!"와 같은 디테일한 칭찬이 관계를 더욱 돈독하게 만든다.

칭찬은 단순한 말 이상의 힘을 지닌다. 진정성 있는 구체적인 칭찬은 도파민을 분비시켜 행복감을 느끼게 하고 자기효능감을 높여 성취감과 자신의 능력에 대한 믿음을 강화시킨다.

그래서 칭찬할 때는 구체적인 근거를 들어야 하고 이를 위해 상대방의 노력을 세심하게 관찰해야 한다. 그럴 때 칭찬은 간단한 격려가 아닌 상대의 마음을 움직이는 강력한 도구가 된다.

스탠퍼드 대학의 캐롤 드웩(Carol Dweck) 교수는 성과보다는 과정과 노력을 강조하는 칭찬이 상대방의 성장 마인드셋을 형성하는 데 중요한 역할을 한다고 주장했다.

또한 구체적이고 진정성 있는 칭찬은 상대방의 자기 신념을 강화하고 도전적인 상황에서도 자신감을 잃지 않도록 돕는다고 덧붙였다.

이는 칭찬이 단지 기분 좋은 말이 아니라 상대방이 자신의 노력을 인정받고 있다고 느끼게 함과 동시에, 상대의 성장과 발전을 돕는 중요한 도구이며 더 나은 성과를 이끌어내는 원동력인 것이다.

게다가 상대방과의 관계를 견고하게 만들고 신뢰를 쌓는

데에도 칭찬은 중요한 역할을 하여 상대의 마음을 사로잡고 관계를 더 깊게 만들어준다.

칭찬이 가져다주는 긍정적인 효과는 모든 상황을 반전시킬 만큼 대단하며 말이 가지고 있는 가장 강력한 형태 중 하나라고도 할 수 있다.

그러나 같은 표현의 언어적 구체성과 진정성을 담았다고 해도 첫 번째 장에서 언급한 것처럼 비언어적 요소가 그와 일치하지 않는다면 상대는 진정성을 의심할 수 있다.

그러므로 칭찬이 공허한 말로 끝나서는 안 된다.

언행일치의 구체적이고 진정성 있는 칭찬이어야 하며 그것이 상대방의 마음에 깊이 가닿을 때, 칭찬의 말은 관계를 더욱 깊게 만들고 신뢰를 쌓는 데 역할을 다하게 된다.

관계를 형성하고 그 관계의 다리를 더 견고하게 만들어주는 것이 바로 말의 힘, 칭찬의 힘이다.

진정성 있는 구체적인 칭찬 한마디가 사람의 마음을 얻고 심지어 천 냥 빚을 갚는 데까지 이르게 만들었다는 사실은 이 강력한 도구를 우리가 일상에서 더 많이 활용해야 하는 충분한 이유가 된다.

**그런데 정말 채무자의 그 한마디 말은 뭐였을까?**

# 송지원

상담심리와 독서경영학을 공부했습니다.
'듣는마음연구소' 대표입니다.

갈등 속에 놓인 분들과 상담하다 보면, "아무도 내 이
야기를 들어주지 않는다"라는 말을 많이 합니다. 우
리는 마음을 표현하는 도구로 말을 사용합니다. 그저
그 말을 들어주기만 해도, 때로는 울고, 때로는 웃습
니다. 사람의 말이 곧 마음이기 때문입니다.
이 글이 서로의 마음을 잘 듣고, 잘 말하는 데 작은 보
탬이 되기를 바라며 함께 나눕니다.

스레드 @jiwon_writer
블로그
https://blog.naver.com/listening_heart

# 말의 힘

말은 우리의 일상 속에서 너무나 쉽게 오가는 도구다. 하지만 그 말 한마디가 얼마나 큰 영향을 미칠 수 있는지 깊이 생각해 본 적이 있을까? 일본에는 '언령(言靈)'이라는 말이 있다.

이 말은 '말에 깃든 영적인 힘'을 의미한다. 일본의 고대 신화에 따르면, 말에는 신비한 힘이 담겨있어 그것이 현실에까지 영향을 미친다고 한다. 말 그대로 '말한 대로 이루어진다'는 신념이다.

이 개념은 단지 일본 신화나 전설 속에만 머물지 않는다. 우리는 일상에서 이와 비슷한 현상을 많이 경험한다.

좋은 말을 하면 좋은 일이 일어나고, 나쁜 말을 하면 그 말이 현실이 되는 것 같은 순간들을 말이다.

그리고 이 원리는 단순한 미신이나 신앙을 넘어선다. 말이 가진 힘은 그 말이 만들어내는 분위기와 그 말이 전해지는 사람의 마음에 미치는 영향에 있다.

말은 단순한 의사소통 도구가 아니라 현실을 바꾸는 힘이 있다.

한국에서도 비슷한 사례가 있다. 오래전 무한도전의 유재석이 부른 '말하는 대로'라는 노래는 많은 사람에게 공감과 감동을 주었다.

이 노래에서 유재석은 "말하는 대로 될 수 있다는 걸 믿어"라는 메시지를 전했다.

누구나 어릴 때 한 번쯤은 들어본 적 있을 법한 이야기지만, 우리가 성인이 된 후에도 그 말은 여전히 강력하게 다가온다.

우리가 말하는 대로, 그 믿음과 다짐이 현실이 될 수 있다는 것이다. 아직까지도 많은 사람들이 그 노래를 들으며 용기를 내고 자신의 목표와 꿈을 향해 한 걸음 더 나아가곤 한다.

생각해보면 우리는 말로 삶을 디자인한다. 누군가에게 긍정적인 말을 하면 그 사람의 하루가 밝아질 수 있고, 부정적인 말을 하면 그 사람의 마음이 어두워질 수 있다.

이런 작은 말들이 모여 그 사람의 인생에 큰 영향을 미친다. 결국, 우리가 어떤 말을 하느냐에 따라 우리의 삶과 관계기 달라질 수 있다는 사실은, 매일매일 무심코 던지는 말들의 힘을 깨닫게 한다.

어느 날, 친구와 함께 이야기를 나누던 중이었다. 나는 무심코 "내가 볼 때 넌 그 일을 못 할 것 같아"라고 말했다.

내 말에는 특별한 악의가 없었지만, 그 말 한마디에 친구의 얼굴이 굳어졌다. 그 순간은 금방 지나갔지만, 시간이 흐른 후 그 친구가 나에게 말했다.

"그때 네 말 때문에 내가 정말 못 할 수도 있겠다고 생각했어."

그 말이 나에게 얼마나 큰 충격이었는지 모른다. 나는 아무 생각 없이 던진 말이었는데, 그 말이 친구의 용기를 꺾고 그의 가능성을 제한했음을 깨달았다.

그렇다고 해서 항상 좋은 말만 할 수 있는 것은 아니다. 때로는 비판이나 지적도 필요하다. 하지만 그 비판이 상대방을 위축시키지 않고, 더 나은 방향으로 이끌어 줄 수 있도록 말하는 방법을 바꾸는 것이 중요하다.

"너는 못할 것 같아" 대신 "네가 조금 더 노력하면 충분히 해낼 수 있어"라고 말한다면, 그 말의 힘은 완전히 달라진다.

말 속에 담긴 긍정의 에너지가 상대방의 마음을 열고, 더 나은 결과를 만들어낸다.

실제로 많은 성공한 사람들은 자신이 말한 대로 이루어진 경험을 공유하곤 한다. "난 이걸 해낼 거야", "내 꿈은 반드시 이룰 수 있어"라는 말은 단순한 다짐을 넘어선다.

그 말이 자신의 행동과 마음가짐에 영향을 미치고, 결국 그 꿈을 현실로 이끌어준다. 반대로, "난 못할 거야", "난 안될 거야"라고 말하면, 그 말은 스스로를 제한하는 족쇄가 되어버린다.

말은 그저 입에서 나오는 소리가 아니다. 말은 우리의 생각과 감정을 표현하는 도구이면서, 동시에 그 말이 현실을 만들어내는 시작점이 된다.

말의 힘을 제대로 인식한다면, 우리는 더 신중하게 말하고, 더 긍정적인 언어를 사용하게 된다. 그리고 그 언어가 결국 우리 삶에 긍정적인 영향을 미친다.

하루를 마무리하며 오늘 내가 어떤 말을 했는지 돌아보자. 나는 주변 사람들에게 어떤 말을 했을까? 그 말들이 그들의 마음에 어떤 흔적을 남겼을까?

그리고 나 자신에게도 어떤 말을 했는지 생각해 보자. "난 할 수 있어"라는 말을 자주 했는가, 아니면 "난 못할 거야"라고 말했는가? 내 입에서 나오는 말들이 나의 내일을 만들어가고 있다.

내가 쓰는 긍정적인 말들. 그 말이 현실이 될 수 있다는 믿음, 그리고 그 말에 담긴 에너지가 우리의 삶을 더 나은 방향으로 이끌어 줄 것이다.

# 긍정과 칭찬의 언어

누군가와 대화를 나눌 때, 가끔은 그 사람의 의견에 고개만 끄덕이는 순간이 있다. 말이 필요 없는 순간, 상대의 생각과 가치관을 있는 그대로 받아들이는 순간이다. 이것이 바로 긍정의 언어다.

긍정의 언어는 그 사람을 바꾸려 하지 않고, 그 사람의 존재와 의견을 그대로 존중하는 힘을 가진다. 반면, 칭찬의 언어는 조금 다르다.

칭찬은 누군가가 어떤 일에서 노력한 과정을 알아주고,

그 결과를 인정해 주는 행위다. 이렇게 보면, 긍정과 칭찬은 비슷한 듯하지만, 그 본질은 분명히 다르다.

## 긍정의 언어는 존중이다

긍정의 언어는 상대방의 의견이나 생각을 그대로 받아들이는 것에서 시작된다. 어떤 판단도 하지 않고, 그저 그 사람의 이야기에 귀 기울이는 것이다.

한 번은 친구가 자신의 인생에 대해 깊은 고민을 털어놓은 적이 있었다. 진로를 바꿀지, 그대로 나아갈지 고민하는 친구의 표정은 무거웠다.

그때, 나는 그저 그의 이야기를 들어주며 고개를 끄덕였을 뿐이었다. 의견을 내세우기보다 그 친구가 자신을 표현할 수 있는 공간을 주고 싶었다.

"그렇구나, 네가 그런 생각을 하고 있었구나." 한 마디의 긍정은 그 친구가 더 깊이 이야기할 수 있는 기회를 주었다. 말없이 끄덕이는 그 순간, 그 친구는 자신이 존중받고 있다는 느낌을 받았을 것이다.

긍정의 언어는 해결책을 제시하지 않는다. 그저 그 사람의 생각을 있는 그대로 받아들이고, 그의 이야기가 틀리지 않았음을 보여주는 것이다.

그렇기에 긍정의 언어는 누군가의 마음을 안정시키고, 더 많은 이야기를 이끌어내는 힘이 있다.

**칭찬의 언어는 인정이다**

반면, 칭찬의 언어는 조금 더 구체적이고 명확하다. 칭찬은 상대방이 어떤 일에서 노력하고, 그것을 잘 해냈을 때 그 과정과 결과를 인정해 주는 행위다.

긍정이 그 사람 자체를 받아들이는 것이라면, 칭찬은 그 사람이 성취한 무언가를 높이 평가하는 것이다. 한 번은 동료가 무척 어려운 프로젝트를 성공적으로 마친 적이 있었다. 그때 나는 이렇게 말했다.

"네가 그동안 정말 열심히 준비한 덕분에 이번 프로젝트가 이렇게 잘 끝났어. 대단해." 이 말 한마디가 동료에게 얼마나 큰 힘이 되었는지 알 수 있었다.

그 동료는 자신이 노력한 과정이 인정받았다는 사실에 기뻐하며 더욱 자신감을 얻게 되었다.

칭찬은 그 사람이 단순히 결과만 잘 낸 것을 보는 것이 아니라, 그 결과에 이르기까지 얼마나 많은 노력을 기울였는지를 알아주는 것이다.

그래서 칭찬은 단순한 격려 이상의 의미를 지닌다. 상대방이 기울인 노력에 대해 공감하고, 그 모든 과정을 함께 인정해 주는 것. 그것이 진정한 칭찬의 언어다.

**긍정과 칭찬, 그 미묘한 차이**

긍정과 칭찬의 차이는 단순하지만 분명하다. 긍정은 그 사람의 생각과 의견을 있는 그대로 받아들이고 존중하는 것이라면, 칭찬은 그 사람이 이룬 성취와 노력을 인정하고 격려하는 것이다.

둘 다 관계를 더 깊고 풍부하게 만드는 중요한 언어지만, 서로 다른 순간에 필요하다.

한 친구가 새로운 취미로 그림을 그리기 시작했다고 말했다. 나는 그 친구가 얼마나 진지하게 그 취미를 즐기고 있는지 알고 있었기 때문에 "그거 정말 좋은 생각이야. 네가 그림을 그리며 시간을 보내는 게 참 멋져"라고 긍정의 언어로 그의 선택을 존중했다.

얼마 후, 그 친구가 그린 첫 번째 작품을 보여주었을 때, 나는 이렇게 말했다. "정말 많이 연습했나 봐. 그림에서 네 노력이 느껴져." 그때는 칭찬의 언어로 그의 노력을 지지해 주는 것이 필요했다.

긍정과 칭찬은 비슷해 보이지만, 각각의 역할이 있다. 긍정의 언어는 그 사람의 생각과 선택을 존중하고, 칭찬의 언어는 그가 이룬 결과와 노력을 알아주는 것이다.

그렇기에 이 두 언어는 적절한 때에 사용될 때 그 힘을 발휘한다.

**언어는 관계의 다리다**

우리가 사용하는 언어는 사람과 사람을 연결하는 다리 역할을 한다. 그 다리 위에서 긍정과 칭찬이라는 두 가지 언어는 서로 다른 방식으로 상대방의 마음에 닿는다.

때로는 그저 조용히 고개를 끄덕이며 그 사람의 이야기를 받아들이는 긍정의 언어가 필요하고, 또 때로는 그 사람이 이룬 성취와 노력을 알아주며 칭찬의 언어로 격려하는 것이 필요하다.

중요한 것은, 이 두 언어가 모두 상대방을 존중하는 마음에서 비롯된다는 것이다.

긍정은 그 사람 자체를 인정하는 것이고, 칭찬은 그가 이룬 결과와 노력을 알아주는 것이다. 언어는 관계를 이어주고, 그 관계 속에서 서로의 마음을 더 깊이 이해하게 만든다.

오늘, 우리는 그 두 가지 언어를 어떻게 사용하고 있는지한 번 돌아볼 필요가 있다.

상대방의 생각을 존중하는 긍정의 언어로 마음을 열어주고, 그가 이룬 성취에 대해 칭찬의 언어로 인정해 주자. 그렇게 우리는 조금 더 따뜻한 세상을 만들어갈 수 있을 것이다.

# 위로의 말

삶은 때때로 마치 끝이 보이지 않는 사막처럼 느껴진다. 지치고 힘들어서 더 이상 버틸 힘이 없을 것 같은 순간들 이 반복된다.

그럴 때, 우리는 작은 위로를 간절히 바란다. 뜨거운 사막 에서 시원한 한 모금의 물처럼, 누군가의 따뜻한 말 한마 디가 우리를 다시 살아나게 한다. 그 말은 사막 한가운데 서도 물이 가까운 곳에 있다는 걸 알려주는 와디즈와 같다.

위로의 말은 그렇게 큰 것이 필요하지 않다. 오히려 짧고 가볍게 건네는 말들이 더 힘이 될 때가 많다. "밥은 먹었니?", "힘내", "잘하고 있어." 이런 단순한 말들 속에는 묵직한 진심이 담겨있다.

그 말들은 갈라져 버린 마음의 틈을 조금씩 메워주고, 차갑게 굳어있던 감정을 녹여준다.

겨우내 얼어 있던 계곡이 햇빛을 받기 시작하면 겉으론 여전히 차갑지만, 그 안에서는 이미 봄기운 가득한 물이 흐르기 시작하는 것처럼.

누군가는 이렇게 단순한 말들이 얼마나 큰 힘을 가질 수 있는지 모를 수도 있다. 하지만 마음속 깊이 진심이 담긴 말은 상대방의 마음을 움직인다.

어떤 말을 해줘야 할지 몰라 망설이던 순간, 그저 "고생했어"라고 말하는 것만으로도 충분할 때가 많다. 그 말 한마디가 누군가에겐 무거운 하루를 견디게 하는 힘이 된다.

하루는 직장 동료가 너무 지쳐 보였다. 아무 말 없이 책상 위에 앉아 있던 그에게 "점심은 먹었어?"라고 물었다. 그가 고개를 들어 나를 봤고, 그 순간 그의 눈에서 무언가가 풀어지는 것을 느꼈다.

"아직"이라는 짧은 대답이 돌아왔지만, 그 짧은 대화 속에서 우리는 서로를 조금 더 이해하게 됐다. 별것 아닌 대화 같았지만, 그 순간 그는 혼자가 아니라는 것을 느꼈을 것이다.

'호오포노포노Ho'oponopono'라는 말이 있다. 하와이 전통에서 비롯된 이 방법은 네 가지의 간단한 말로 마음의 평화를 찾는 방법이다.

"미안합니다, 용서해 주세요, 사랑합니다, 감사합니다."

이 네 마디는 듣는 이에게도, 그리고 말하는 이 자신에게도 치유의 힘을 준다. 상대에게 진심으로 미안함을 전하고, 용서를 구하고, 사랑과 감사를 표현하는 것은 그 자체로도 우리를 다시 살게 한다. 말 속에는 그만큼의 힘이 있다.

어쩌면, 우리는 서로에게 와디즈 같은 존재가 될 수 있다. 작은 물길을 안내하는 흔적처럼, 상대방의 지친 마음에 조금이라도 물길을 틔워줄 수 있다면 그것만으로도 충분하다.

누군가에게 위로의 말 한마디를 건네는 것, 그 진심을 담은 말은 그 사람의 삶에 커다란 차이를 만들 수 있다.

언제 마지막으로 누군가에게 진심 어린 말을 건넸는가? 오늘이 그날일 수도 있다. 더 이상 미루지 말고 지금 옆에 있는 사람에게 따뜻한 말 한마디를 건네보자.

우리는 그리 특별한 말이 필요한 것이 아니다. 그저 진심이면 된다.

"힘들었지", "잘하고 있어", "사랑해", "고마워"

이 말들은 단순해 보이지만, 그 안에 담긴 진심은 상대방에게 가장 필요한 순간, 가장 큰 힘이 될 것이다. 그러니 말하자. 용기 내어 그 말을 건네보자.

# 가까울수록 조심해야 한다

가족이라는 이름 안에서 우리는 얼마나 많은 말을 나누고, 그 말들 속에서 얼마나 많은 상처를 쌓아가고 있는 걸까? 너무 가까워서일까, 아니면 당연하다고 여겨서일까.

가족이기에 더 많은 것을 기대하고, 그래서 더 쉽게 상처받는 건지도 모르겠다.

분명 사랑하는 마음은 있는데, 그 마음을 제대로 전하지 못해서 서로 상처를 주고받는 게 어쩌면 가족의 아이러니일지도.

어느 부모는 말 한마디로 아들의 마음을 닫아버렸다. 성적이 기대에 미치지 못할 때마다 날아오는 말들, "너 이래서 어떻게 살아갈래?" 같은 조바심 섞인 훈계들이 아들에게는 더 이상 들어줄 수 없는 비난으로 들렸을 것이다.

점점 방에 틀어박히게 되고, 그 안에서 부모의 발소리가 들릴 때마다 귀를 닫아버린다. 하지만 그 부모는 아들이 왜 그렇게 자신을 피하는지 이해하지 못한다.

자신은 사랑해서, 잘되라고 말한 것뿐이라 생각하기 때문이다.

한집에 살면서도 서로의 존재를 모른 척하는 가족도 있다. 단 한 번의 큰 다툼이 아니었다.

작은 말다툼이 쌓이고 쌓여서 결국 5년 동안 남처럼 지내게 된 형제. 집 안에서는 서로 마주치지 않으려고 일부러 엇갈리게 움직이고, 밖에서라도 우연히 만나면 모르는 사람처럼 고개를 돌린다.

그들의 거리감은 단순히 시간이 지나서 좁혀지지 않는다. 오히려 말이 끊긴 순간부터 그 거리는 점점 더 멀어지기만 했다.

만약 그때, 그 작은 싸움 이후에 진심 어린 한마디라도 건넸다면, 그들은 지금 어떻게 지내고 있을까?

부부 사이도 마찬가지다. 처음에는 작은 말로 시작된 싸움이 결국 서로에게 상처가 되는 말을 주고받는 순간으로 치닫는다.

"너 때문에 내 인생이 망가졌어"라는 말이 튀어나오는 순간, 그들은 이미 선을 넘어버린 것이다.

사랑이 남아 있을지라도 그 말은 깊은 상처로 남아 결국 두 사람의 관계를 갉아먹는다.

마음속에서는 미안함이 쌓여가지만, 그 말이 입 밖으로 나오지 않으면 그 미안함은 관계를 회복시키기보다는 오히려 더 큰 고통을 준다.

가족이라는 이름으로 묶여 있지만, 우리는 때로 서로를 너무 쉽게 미워하고, 또 너무 쉽게 외면한다. 그 외면의 시작은 늘 말이다.

말 한마디로 서로를 밀어내고, 말 한마디로 다시 가까워질 수 있음에도 그 말이 얼마나 어려운지 우리는 알고 있다. 하지만 그럼에도 불구하고, 말이 필요하다.

너무 늦기 전에, 너무 멀리 가버리기 전에. 말로 상처를 줬다면, 그 상처를 치유하는 것도 말이다.

가족이라는 이름이 주는 무게를 조금 덜어내고, 서로에게 가벼운 말 한마디라도 건넬 수 있다면. 그 말은 작은 씨앗처럼, 다시금 관계를 자라게 할지도 모른다.

# 말투는 관계를 바꾼다

C는 그날 친구와 다투었던 일만 생각하면 아직도 속이 상한다. 감정이 격해져 서로 한 치의 양보도 없이 말다툼을 하던 중 화가 치밀어 오른 C는 "도대체 왜 그러는 거야? 너 때문에 다 망쳤잖아!"라고 소리쳤다.

친구는 그때부터 아무 대꾸도 하지 않고 침묵을 지켰다. 당시에는 몰랐다. 그 한마디가 친구에게 얼마나 깊은 상처를 남겼는지.

시간이 흐르고 나서야 머릿속에 계속 그 말들이 떠오르

고, 후회가 밀려왔다. 사실, 말 한마디만 다르게 했더라면 상황은 완전히 달라졌을 것이다.

말은 사람과 사람을 이어주는 가장 중요한 수단이다. 그러나 말투에 따라 그 관계의 결말은 천지 차이다. 잘못된 말투는 상대방에게 깊은 상처를 남기고, 결국 그 관계를 멀어지게 만든다.

하지만 바른 말투는 상대의 마음을 열고, 더 가까운 관계로 이끌어 간다. 이 말투의 변화는 생각보다 어렵지 않다.

### 1. "도대체 왜 그러는 거야?" → "그래서 그랬구나"

실수나 다툼이 일어났을 때 많은 사람들은 무의식적으로 "도대체 왜 그러는 거야?"라는 말을 먼저 던진다. 비난조의 이 한마디는 상대방을 방어적으로 만들고, 대화의 문을 닫아버린다.

그렇게 던져진 말은 상대의 마음에 벽을 세운다. 그 사람이 왜 그랬는지 진심으로 알고 싶어 하기보다 그저 자신의 감정을 쏟아내기 위한 도구로 사용된 말이었음을 상대는 본능적으로 느낀다.

만약 "그래서 그랬구나. 어떤 일이 있었던 거야?"라고 물었더라면 상대는 마음을 열고 상황을 설명했을지도 모른다. 비판 대신 공감을 담은 말은 진정한 대화를 이끌어내기 때문이다.

상대의 잘못을 추궁하기보다는 그들이 왜 그렇게 행동했는지를 이해하려는 노력이, 결국 마음을 여는 열쇠가 된다.

## 2. "~~해라" → "~~하면 어떨까?"

명령조의 말투는 많은 이들이 일상 속에서 쉽게 쓰는 방식이다. 특히 가까운 사람에게는 더 자주 사용된다.

"이거 해라", "저거 해라"와 같은 말들은 자칫 상대방을 존중하지 않는 듯한 느낌을 줄 수 있다.

A는 룸메이트 친구에게 늘 "청소 좀 해라"라는 말을 습관적으로 던졌고, 그 친구는 점점 더 피로감을 느꼈다. 한 번만이라도 "청소를 같이 하면 어때?"라고 말했더라면 이야기는 달라졌을 것이다.

명령 대신 권유의 말투는 상대방에게 선택의 여지를 남겨주며, 그 말속에는 존중이 담겨있다.

명령은 부담을 주고, 때로는 반항심까지 일으키지만, 권유는 상대방이 스스로 생각하고 행동할 수 있는 공간을 허락해 준다.

## 3. "~~ 때문에" → "~~ 덕분에"

삶에서 우리는 쉽게 원망의 말을 꺼낸다. "네가 안 와서 이렇게 됐잖아", "너 때문에 일이 이렇게 꼬였어"라는 말들이 그렇다.

책임을 상대에게 돌리는 순간, 관계는 갈등으로 흐르기 쉽다. 그러나 원망을 감사로 바꾼다면, 그 관계는 반대로 따뜻한 온기를 머금게 된다.

B는 급한 사정으로 가족 모임에 참석하지 못한 동생에게 "너 때문에 가족 모임이 어색해졌어"라고 말한 적이 있었다. 그 말은 동생의 마음에 부담을 주었고, 관계를 서먹하게 만들었다.

만약 그때 "네가 바빠서 못 온 거 이해해. 다음에는 꼭 함께 하자"라고 말했다면, 동생은 "형이 그렇게 말해준 덕분에 못 가서 불편했던 내 마음이 편안해졌어, 고마워."라고 대답했을 것이다.

이처럼 말은 관계를 회복시키고, 더욱 깊은 유대감을 만들어낸다.

우리는 생각보다 쉽게 말을 내뱉는다. 하지만 그 말들이 관계에 미치는 영향은 지대하다.

비판 대신 공감을, 명령 대신 권유를, 원망 대신 감사를 담아내는 것이 관계를 부드럽게 만드는 방법이다. 작은 말투의 변화가 상대방의 마음을 열고, 더 깊은 소통으로 이끌어 준다.

처음부터 모든 말투를 바꾸기는 어렵다. 하지만 조금씩 바꾸려고 노력하면, 그 작은 변화들이 모여 결국 큰 차이를 만들어낸다.

나중이 아닌 바로 지금, 결심하고 말투를 바꾼다면 내 옆에는 나로 인해 마음이 따뜻한 사람들로 가득할 것이다.

## 윤혜영

20년 동안 언어재활사로 발달 장애 아이들과 소통
해 왔고 이제는 상담가로 사람을 만나고 있다. 나는
말이 가진 힘을 믿는다. 말은 사람의 마음을 움직이
고 생각을 변화시키며, 때로는 삶의 흐름을 바꾸어
놓는다.
이 책이 관계 속에서 말로 상처받은 당신의 마음에
따뜻한 빛이 되어, 잊고 지낸 스스로에 대한 신뢰와
용기를 되찾는 작은 쉼표가 되기를 바란다.

스레드 @heayoung____.essayist
브런치 https://brunch.co.kr/@57aaa658c1934b8

# 언어재활사가 말하는 말의 기술

언어재활사로서 발달 장애 아이들을 만난 지 20년이 되었다. 언어를 통해 자신이 원하는 것을 표현할 수 없다는 것은 대화의 단절을 의미하며, 관계의 단절로 이어지기 쉽다.

특히 발달 장애 아동들에게 말은 생존 수단이자 세상과의 연결 고리이다. 이 아이들이 첫 단어를 내뱉는 순간은 기적에 가깝다. 부모에게는 이 첫 발화가 아이의 성장 가능성을 확인하는 중요한 계기이며, 다시 힘을 내어 시작할 용기를 준다.

발달 장애란 다른 아이들에 비해 발달 속도가 느리다는 의미이다. 이러한 아이들은 같은 소리 자극을 듣더라도 그 자극이 뇌에서 효과적으로 처리되지 못하기 때문에 언어 발달에 있어 더 많은 시간과 노력이 필요하다.

연구에 따르면 아이가 첫 단어를 내뱉기까지 그 단어를 약 4천 번 이상 반복해서 듣는 것이 필요하다고 한다. 발달이 늦은 아동이 단어 하나를 습득하는 일은 어찌 보면 정상 발달 아이들이 경험하는 과정과는 전혀 다른 도전이다.

예를 들어, 발달 장애 아동이 'ㅅ' 발음을 정확하게 말하기까지는 수없이 많은 연습과 촉구가 필요하다. 언어재활사는 아동의 손등에 손을 대고 '스~'라는 소리를 수십 번 반복해 들려주며 아이가 소리를 귀로 듣고 몸으로도 느끼도록 돕는다.

이러한 과정이 반복되다 보면 어느 순간 아동은 '스~'라고 발음하기 시작하고, 이후 더 많은 연습을 통해 '수박', '소' 같은 단어를 자연스럽게 표현하게 된다.

이와 같은 작은 변화들이 쌓여 언어 표현력이 확장되면서 아이는 점점 세상과 소통의 폭을 넓혀 나간다. 이렇듯 언어는 단순한 소통 도구를 넘어 사람을 연결하고 관계를 형성하는 다리 역할을 한다.

아이들에게 언어를 가르치면서 마주하는 변화의 순간들은 이러한 언어의 중요성을 다시금 깨닫게 한다.

사실 의사소통의 어려움은 어린아이들만의 문제가 아니다. 성인들 사이에서도 말보다 행동이 앞서거나 언어로 자신의 생각을 명확히 전달하지 못해 갈등이 생기곤 한다.

일부 성인들은 의사소통이 원활하지 않아 부정확한 행동으로 인해 오해를 사거나, 문해력이 부족해 중요한 메시지를 놓치는 경우가 있다. 이런 문제는 사람들 사이의 관계에서 갈등과 착각을 일으킬 수 있다. 대표적으로 "짜증나는" 상황에 대처하는 방법에 대해 소개하겠다.

짜증나는 상황에서 성찰일지를 작성하는 구체적인 방법

짜증나는 상황을 마주했을 때 감정을 바로 표현하기보다는 성찰하는 시간을 가지는 것이 긍정적인 소통과 자기 이해를 돕는 데 효과적이다.

성찰일지를 작성하는 과정은 단순히 감정을 풀어내는 것에 그치지 않고, 감정의 원인을 분석하고 나의 반응을 이해함으로써 더욱 성숙한 대응 방식을 찾는 데 도움을 준다.

**■ 짜증 나는 상황에서 성찰일지를 작성하는 구체적인 방법**

**상황을 객관적으로 기록하기**

성찰일지의 첫 부분에서는 짜증나는 상황을 최대한 객관적으로 기록한다. 이때 주관적인 감정은 뒤로 미루고, 상황의 사실적인 요소들만 기록한다.

예를 들어, '직장에서 동료가 내 의견을 무시한 상황'이나

'프로젝트 회의 중 의견 충돌이 있었던 순간'처럼 상황을 있는 그대로 적는다. 이렇게 하면 감정에 치우치지 않고 상황을 있는 그대로 바라보는 연습이 되어 감정을 진정시키는 데 도움이 된다.

**감정의 본질 이해하기**

상황을 기술한 후, 자신이 느꼈던 감정을 구체적으로 적는다. '짜증났다'라는 감정 자체도 중요하지만, 그 뒤에 감추어진 세부적인 감정을 살펴보는 것이 핵심이다.

예를 들어, '짜증'이라는 감정 속에 '무시당했다는 느낌', '억울함', '불공평함' 등의 감정이 포함될 수 있다. 이처럼 구체적인 감정을 나열하면, 짜증의 원인과 본질을 더욱 명확히 알 수 있게 된다.

**자신만의 반응 패턴 파악하기**

이어서 자신이 보인 반응을 기록한다. 짜증나는 상황에서 보였던 언행이나 생각을 돌아보며 구체적으로 적어본다.

예를 들어, '목소리가 커졌음', '상대방을 무시하고 대꾸하지 않음', 혹은 '속으로 부정적인 생각을 함'과 같은 자신만의 반응 패턴을 파악할 수 있다. 이를 통해 자신이 평소 어떤 방식으로 짜증을 표현하는지, 반복되는 패턴이 있는지 확인할 수 있다.

## 상황을 재구성하기

자신이 느낀 감정과 반응을 분석한 후, 상황을 다시 돌아보며 '이 상황에서 다르게 반응했다면 어땠을까?'를 생각해본다. 이를 통해 새로운 반응 방식을 고민해 본다.

예를 들어, '목소리를 높이는 대신 차분하게 내 의견을 설명했다면?'이나 '상대의 의도를 오해하지 않고 먼저 이해하려 했다면?' 등 상황을 여러 각도에서 재해석 해 본다.

## 앞으로의 대응 방안 설정

마지막으로, 비슷한 상황이 다시 발생했을 때 긍정적으로 대처할 수 있도록 구체적인 행동 계획을 세워본다.

예를 들어, 짜증이 날 때는 우선 깊게 숨을 들이마시며 마음을 차분히 가라앉히고, 상대방의 의도를 한 번 더 확인해본다.

이렇게 하면 성급한 판단을 피하고 후회를 줄일 수 있다. 구체적인 계획들을 꾸준히 실천하다 보면 실제 상황에서도 더 나은 행동을 이끌어내고 자기 통제력도 높일 수 있다.

성찰일지는 꾸준한 실천을 통해 감정과 반응을 조율하는 능력을 길러준다. 특히 짜증나는 상황을 일지로 기록하면서 느끼는 점은 자신의 감정을 더 잘 이해하고, 그것을 통해 성장할 수 있는 계기를 마련한다는 것이다.

# 사실과 감정을 모두 담아 듣는 법:
## 글리머 이론

살다 보면 마음을 따뜻하게 밝혀주는 작은 순간들이 있다. 해질녘 노을 풍경을 보거나, 창밖으로 들리는 빗소리를 들을 때, 마음 맞는 친구와 대화를 나눌 때처럼 말이다. 이런 순간들은 우리에게 소소한 행복과 안정감을 준다.

반면, 우리를 불편하고 긴장하게 만드는 순간들도 있다. 주변에서 들려오는 짜우는 소리, 답답한 출근길 지하철 안, 부정적인 평가를 받을 때 느껴지는 불안함 같은 것들 말이다. 이런 두 가지 경험은 각각 긍정적인 작은 빛과 부정적인 신호로 작용한다.

이렇게 마음속에 두 가지 버튼이 있다고 상상해 본다. 하나는 우리를 편안하게 하는 파란 버튼이고, 다른 하나는 우리를 불안하게 하는 빨간 버튼이다. 우리는 매 순간 둘 중 하나를 선택하며 살아간다.

나 역시 오랫동안 빨간 버튼을 자주 눌렀다. 싸우는 소리는 어린 시절 아버지의 강압적인 모습이 떠올랐고, 출근길의 압박감은 밀폐된 공간에 대한 두려움을 불러일으켰다. 부정적인 평가를 들을 때는 외면당할 것 같은 불안이 스며들었다.

하지만 이제는 의식적으로 파란 버튼을 더 자주 누르려 노력한다. 퇴근길에 만난 꽃을 눈에 담고, 비 오는 날엔 좋아하는 음악을 들으며 빗소리를 감상한다. 이렇게 나를 위한 작은 선택들이 내 삶을 조금 더 편안하고 즐겁게 만들어 준다.

언어재활사로서 발달 장애 아동들과 소통하는 데에는 이

런 작은 순간들이 참 소중하다. 아이들이 보내는 작은 신호에 귀 기울이고 반응해 주면, 그들도 내게 먼저 다가온다.

예를 들어, 점토 놀이를 하면서 상어 모양을 찍어내다가 꼬리가 끊어져 아이가 난처해할 때, 나는 두 손으로 얼굴을 감싸며 "안 돼~~~"라고 과장된 반응을 보인다. 그러면 평소엔 보기 힘들었던 아이의 눈빛이 나를 똑바로 바라보며 환하게 웃는다. 그 눈빛에는 선생님에 대한 사랑이 가득 담겨 있다.

아이들이 처음으로 '엄마'라는 말을 할 때도 마찬가지다. 그 해맑은 눈빛과 표정에는 단순히 엄마를 부르는 것을 넘어 부모와 연결되고 싶은 마음이 담겨 있다. 이 순간은 부모에게도 깊은 감동을 주며, 서로의 유대감을 더욱 강화하는 소중한 경험이 된다.

일상에서 우리는 이런 긍정적인 순간을 쉽게 지나치곤 한다. 하지만 상대방의 눈빛, 작은 손짓, 미소 속에는 그 사람의 진심이 담겨 있다. 발달 장애 아동들과 함께하며 배운 것은, 그들의 작은 행동 하나하나에 의미가 담겨 있다는 점이다. 눈을 마주치며 살짝 미소 지을 때, 수줍게 내 손을 잡을 때, 처음으로 '멍멍'이라고 따라 말할 때처럼 사소해 보이는 순간들도 사실은 그들의 감정을 표현하는 중요한 방식이다.

이런 작은 순간들을 통해 아이들이 느끼는 감정에 다가가고, 그들의 마음을 조금씩 더 이해하게 된다.

부모 역시 자녀와의 소통에서 이런 긍정적인 순간을 놓치지 않는 것이 중요하다. 아이가 불안해할 때 손을 살며시 잡는 작은 행동만으로도 아이와의 유대감은 깊어진다.

이러한 순간들을 인지하고 반응해 주는 것이 진정한 소통이며, 이는 단순한 언어 표현을 넘어선 감정의 연결이다.

진정한 듣기란 상대의 말뿐만 아니라 그 속에 담긴 작은 신호를 찾아내고 반응하는 것이다.

나 역시 아이들과 함께하는 시간 속에서 이런 순간을 놓치지 않으려 노력해 왔고, 이를 통해 더 깊은 소통이 가능해졌다. 이는 단순히 가르치는 것이 아니라, 아이들의 마음과 감정을 받아들이는 과정이다.

이러한 순간들은 발달 장애 아동뿐 아니라 모든 사람과의 관계에서 진정한 소통을 가능하게 한다. 상대방이 전하는 미세한 표정 변화나 말투에 집중할 때, 우리는 그들의 진심과 감정을 온전히 이해할 수 있게 된다.

소통의 핵심은 화려한 말솜씨나 뛰어난 언어 능력에 있지 않다. 작은 신호 하나로 우리는 서로의 감정을 느끼고, 서로의 마음을 이해하게 된다.

이는 상대방을 배려하고 진심으로 이해하려는 노력에서 시작된다. 대화 속에서 이런 작은 순간들을 놓치지 않고 살피기만 해도, 관계는 더욱 가까워지고 서로에 대한 신뢰가 깊어진다.

## 인간관계도 운동처럼
## 연습이 필요하다

골프나 테니스 등 운동은 연습을 통해 기술을 익힐 수 있다. 하지만 인간관계에서의 중요한 요소들은 실제 상황에서 이루어진다. 갈등, 거절, 용서, 감사 등 다양한 감정 표현은 평소 연습이 필요하다.

사람들은 보통 인간관계의 문제를 그저 상황에 맡기고 해결하려고 하기에 여러 어려움을 겪는다. 인간관계도 운동처럼 연습이 필요하다. 거울 앞에서, 혹은 가까운 사람들과 함께 어려운 상황을 대비해 연습하는 것이 중요하다.

우리는 흔히 인간관계에서 갈등이 생기면 문제를 피하거나 실수로 인한 상처를 시간이 해결해 줄 것이라고 기대한다. 하지만 이러한 문제 해결 방식은 오히려 관계를 소원하게 만들거나 상처를 깊게 만들 수 있다.

예를 들어, 가까운 친구와의 갈등 상황에서 불편한 감정을 가진 채 대화를 피하거나, 미안한 마음을 제대로 표현하지 않으면, 그 관계는 점차 감정적으로 멀어지게 된다. 반면에, 갈등 해결 연습을 해왔다면 더 진심 어린 사과를 할 수 있고 상대방의 감정을 잘 이해할 수 있다.

이런 감정 표현의 연습은 단지 친밀한 관계에서만 중요한 것이 아니다. 직장이나 사회생활에서도 갈등 상황에서의 실수와 감정 표현을 미리 연습하면, 더 건강한 인간관계를 만들어 갈 수 있다.

**감정 상하지 않는 갈등 해결과 거절**

인간관계에서 갈등은 피할 수 없는 부분이다. 직장 동료와 의견이 다르거나, 친구와 기대가 맞지 않거나, 연인 사이에 오해가 생기는 등 다양한 상황에서 갈등은 발생한다. 우리는 흔히 갈등을 회피하거나 그저 상황을 넘기려는 경향이 있지만, 이는 결국 더 큰 문제를 초래할 수 있다.

갈등을 해결하는 방법을 미리 연습하고 대비하면, 감정이 격해진 상황에서도 차분하게 대처할 수 있다.

연습 방법 중 하나는 거울 앞에서 갈등 상황을 시뮬레이션해보는 것이다. 갈등 상황을 떠올리며 어떤 말을 할지, 상대방 입장에서 어떻게 느껴질지를 고민하며 연습하면 실전에서 더 효과적으로 대응할 수 있다.

거절도 마찬가지로 연습이 필요하다. 우리는 종종 타인의 부탁을 거절하지 못해 부담을 떠안고, 때로는 자신에게 피해가 되는 상황에서도 거절하지 못해 힘들어하기도 한다. 거절의 연습은 상대방을 존중하면서도 내 입장을 명확히 표현하는 능력을 키우는 과정이다.

거절을 잘하기 위해서는 단순히 '싫다'고 말하는 것이 아니라, 상대방이 받아들일 수 있는 방식으로 표현하는 법을 연습해야 한다.

예를 들어, '지금 제 일정이 꽉 차 있어서 도와드리기 어려울 것 같아요.'처럼 구체적인 이유를 설명하면서 거절하는 연습을 하면, 상대방에게 상처를 주지 않으면서도 내 입장을 분명히 할 수 있다.

## 용서와 감사로 깊어지는 관계

용서는 인간관계에서 깊은 감정적 유대를 유지하기 위해 꼭 필요하다. 하지만 용서는 생각만큼 쉽지 않다. 때로는 용서를 표현하는 것이 약점을 드러내는 것처럼 느껴지기 때문이다.

하지만 용서를 연습할수록 상대방과의 신뢰는 쌓이고, 갈등이 생겼을 때에도 쉽게 풀 수 있는 기반이 마련된다. 예를 들어, 용서를 표현하는 말을 미리 연습해보면, 실제 상황에서도 더 진정성 있게 용서를 전할 수 있다.

감사 역시 연습을 통해 더 쉽게 표현할 수 있는 감정이다. 많은 사람들이 가까운 사람에게 감사의 말을 전하기 어려워하거나, 그저 당연하게 여기는 경우가 많다. 그러나 감사의 표현은 인간관계에 긍정적인 변화를 일으키는 강력한 힘을 가진다.

친구나 가족에게 작은 일에도 감사를 표현하는 습관을 들이면, 감정의 소통이 원활해지고 서로의 마음이 더 가까워진다.

감사 표현이 어려운 사람이라면, 거울 앞에서 구체적인 감사의 말을 연습해보는 것이 도움이 된다. 예를 들어, "도와줘서 정말 고마워, 네 덕분에 힘을 낼 수 있었어"와 같이 구체적인 말을 연습하면 자연스럽게 감사를 전할 수 있다.

**다양한 관계 속 감정 다루기**

우리 삶 속에서 다양한 관계들은 각기 다른 모습과 특징을 지닌다. 가족, 친구, 직장 동료, 스승과 제자 등 다양한 관계 속에서 사람들은 서로 다른 역할을 수행하며 관계를 형성해간다. 인간관계는 종종 변동성이 크고, 예측 불가능한 상황이 발생할 수 있다.

그렇기 때문에 한 가지 방식으로 모든 관계를 유지하는 것은 어렵다. 예를 들어, 가족에게 필요한 용서와 감정 표현은 친구에게는 다르게 적용될 수 있다.

또한, 직장 동료와의 갈등 해결 방식은 친구와의 갈등 해결과 또 다를 것이다. 상황에 따라 관계 속에서 필요한 감정 표현과 대처 방식을 연습해야 하는 이유가 여기에 있다.

인간관계에서 갈등, 거절, 용서, 감사 등은 때로는 어렵고 피하고 싶은 부분들일 수 있다. 하지만 이 부분들은 인간관계를 더욱 깊고 의미 있게 만들어주는 중요한 요소들이다. 운동처럼 관계에서도 연습을 통해 감정을 효과적으로 표현하고, 다양한 상황에서 현명하게 대처하는 능력을 기를 수 있다.

거울 앞에서 나만의 표현을 연습하거나 가까운 사람들과 시뮬레이션을 통해 인간관계의 복잡한 상황에 대해 준비를 한다면, 실전에서는 더욱 성숙하고 긍정적인 태도로 관계를 조율해 나갈 수 있다.

소중한 인간관계를 위해 꾸준한 연습을 통해 더 건강하고 지속 가능한 관계를 만들어갈 수 있다. 인간관계도 운동처럼 반복적인 연습과 노력이 필요하다. 처음에는 어색하고 어려울 수 있지만, 감정 표현과 갈등 대처 방법에 익숙해지면 실제 상황에서도 흔들림 없이 관계를 이어나갈 수 있다.

관계는 저절로 만들어지는 것이 아니다. 작은 표현 하나, 솔직한 대화 한 번이 쌓여 깊은 관계를 만든다. 이를 위해 의식적으로 연습하고, 실천하는 노력이 중요하다. 상대방의 감정을 이해하고, 나의 마음을 진정성 있게 표현하는 과정에서 우리는 더 깊은 유대감을 형성할 수 있다.

꾸준한 노력과 연습을 통해 우리는 자신도, 타인도 행복하고 만족스러운 관계를 만들어갈 수 있다. 처음에는 어색하고 어렵겠지만, 감정 표현과 대처 방법에 익숙해지면 실제 상황에서도 안정적인 관계를 이어나갈 수 있다. 이렇게 우리가 연습하고 가꾼 인간관계는 일상 속에서 힘과 위로가 되어주며, 인생을 더욱 풍요롭게 만들어줄 것이다.

우리는 평소에 연습을 통해 소중한 인간관계를 더 건강하게 만들어갈 수 있다.

# 소지영

예비사회적기업 맘스디얼 대표

안녕하세요. 저는 두 아이의 엄마로 안 갚아도 되는 정부지원금을 받아 카페를 창업한 소지영입니다. 생애 처음 시작한 사업은 힘들었지만, 꾸준히 한 결과 남 부럽지 않은 경험을 많이 갖게 되었습니다. 현재 과거의 저처럼 처음으로 창업을 하려는 사람들에게 도움이 되는 창업교육 및 컨설팅을 진행하고 있습니다. 이번 공동 저서에서는 제가 사업을 하면서 느꼈던 말의 중요성에 대해 풀어보았습니다.

네이버 '소지필' 검색

# 습관적으로 "아니"라는
# 말이 나온다면

"아니, 그게 아니고..." 이 말을 얼마나 자주 쓰는지 생각해보니 정말 많이 쓰고 있었다. 얼마 전 친구와 카페에서 얘기하다가 내가 자주 쓰는 말을 알게 됐다.

친구가 여행 계획을 말하고 있었는데, 나도 모르게 "아니, 그런데..."라고 시작했다. 그 순간 친구가 잠깐 멈추더니 내 말을 듣는 표정이 살짝 굳어진 것을 느꼈다.

내가 이미 친구의 이야기를 반박할 준비를 하고 있었구나, 라는 것을. 사실 그럴 의도는 전혀 없었는데도 말이다.

이 경험 이후로 내가 평소 대화에서 얼마나 자주 "아니"라는 말을 쓰는지 신경 쓰기 시작했다. 회사에서 동료가 프로젝트 아이디어를 제안할 때도 내가 바로 "아니, 그거보다는..."이라는 식으로 대답했다.

동료가 내 제안을 거절한 것도 아닌데, 그 부정적인 첫 마디가 대화를 불편하게 만드는 것 같았다. 작은 말 한마디가 대화의 흐름을 어떻게 바꾸는지 그때부터 조금씩 보이기 시작했다.

사실 우리 일상에서 "아니"라는 말은 굉장히 자연스럽게 나온다. 그냥 대화를 시작하는 습관처럼 느껴질 수 있지만, 자칫 상대방에게 부정적으로 들릴 수 있다는 것을 종종 잊는다. 마치 상대의 말이 틀렸다는 전제하에 내 의견을 우선시하는 듯한 느낌을 줄 수 있다.

대화란 서로의 의견을 주고받는 과정인데, 시작부터 부정적인 느낌을 주면 상대방이 얼마나 답답할까?

이걸 깨닫고 나서는 내가 말을 어떻게 시작하는지 더 신경 쓰게 됐다. "아니" 대신에 "음, 그 부분도 좋은데 이런 방법은 어때?"라고 말하려 노력했다.

"그래, 그런 생각도 있을 수 있지. 그리고 내가 생각한 건..." 처럼 긍정적으로 이어가는 방식으로 바꿔보려 했다.

처음엔 좀 어색했지만, 대화가 훨씬 부드러워졌고 서로의 의견을 더 쉽게 주고받을 수 있다는 것을 느꼈다. 이 작은 변화 하나가 대화의 질을 완전히 바꿔놓았다.

물론 이런 말 습관을 바꾸는 게 쉽지는 않다. 워낙 오랫동안 몸에 배어 있는 습관이기도 하고, 때로는 의식하지 못한 채 말이 나와버리기도 한다. 하지만 바꾸려는 노력만으로도 큰 차이가 생긴다.

나도 처음엔 "아니"를 빼고 어떻게 대화를 시작해야 할지

막막했다. 그런데 긍정적으로 말을 이어가려 하니까 오히려 내 의견이 더 잘 전달되고, 상대방도 내 말을 더 열심히 들어주는 것을 느꼈다.

이런 말 습관이 대화에서만 중요한 게 아니다. 결국 말은 인간관계의 중요한 도구다. 상대방을 존중하고 그들의 의견을 인정하는 태도는 바로 말 속에 드러난다.

"아니"라는 부정어는 상대방을 방어적으로 만들고, 때로는 그들의 자존심을 건드리기도 한다. 이 작은 말 한마디가 관계에 큰 영향을 미칠 수 있다.

한 번은 회식 자리에서 동료가 자신의 경험을 공유하고 있었는데, 그때도 내 입에서 "아니, 그게..."라는 말이 튀어나오려는 걸 간신히 참았다.

대신 "그런 경험이 있었구나. 나도 비슷한 상황에서 이런 식으로 해결했었어"라고 말했다. 그때 느낀 것은 이렇게 말을 조금만 바꿔도 상대방에게는 엄청난 차이로 느껴질 수 있다는 것이다.

대화는 결국 감정의 교류이기 때문에, 부정어로 상대의
감정을 억누르기보다는 공감을 통해 이야기를 이끌어가는
게 얼마나 중요한지 새삼 깨닫게 됐다.

이 경험을 하면서 나뿐만 아니라 주위 사람들도 얼마나
자주 "아니"라는 말을 쓰는지 유심히 살펴보게 됐다. 정말
많은 사람들이 무의식적으로 부정어로 대화를 시작하고
있었다.

심지어 어린 조카도 대답할 때 "아니, 그게..."라고 하더라.
그래서 우리는 이런 말을 너무 자연스럽게 배우고 사용하
는 게 아닐까 하는 생각이 들었다.

그러나 이걸 인식하고 나서는 조금씩 바꿀 수 있다. 다음
에 친구와 얘기할 때, "아니"로 시작하는 내신 "응, 그런데"
같은 긍정적인 표현을 써보는 거다.

동료와의 대화에서도 "그렇구나, 그 생각도 좋은데 이런 방법도 있지 않을까?"라고 말을 이어가는 식이다. 그러면 상대방도 더 편하게 자신의 의견을 말할 수 있을 것이다.

사람과 사람 사이의 대화는 다리를 놓는 것과 같다. 그 다리가 튼튼하게 놓이려면 말 한마디 한마디가 그만큼 신중해야 하지 않을까?

"아니"에서 "응"으로, 부정어에서 긍정어로 조금씩 바꿔보면 대화도 더 부드러워지고 사람들과의 관계도 더 따뜻해질 것이다.

지금 당장은 작은 변화일지 몰라도, 그 변화가 우리 일상에 더 큰 영향을 미칠 거라고 믿는다.

# 맞아, 난 잘해

몇 년 전만 해도 나는 자신감 넘치는 말들로 하루를 시작했다.

"네, 맡겨만 주세요." "물론이죠, 제가 할 수 있습니다." 이런 말들이 자연스럽게 나왔고, 주위에서 내가 일을 잘한다고 칭찬해주면 그저 당연하다는 듯 받아들였다.

그러나 한 번의 큰 실패와 그로 인한 여러 사건이 나를 완전히 바닥으로 끌어내렸다. 자존감이 곤두박질치면서 내가 사용하는 말도 변하기 시작했다.

사람들이 "너 그 일 잘하잖아, 네가 해봐"라고 말해도, 내 입에서는 "아니야, 그때는 운이 좋았을 뿐이야"라는 말이 먼저 나왔다.

나도 모르게 스스로를 깎아내리기 시작했다. '못하면 어떡하지? 또 실패하면 어떻게 하지?'라는 생각에 사로잡혀 내 입에서는 부정적인 말들만 흘러나왔다.

혼잣말로도 "이건 너무 어렵다, 못할 것 같아"라고 중얼거리며 점점 더 자신감을 잃어갔다. 이렇게 부정적인 말들이 내 마음을 더 어두운 곳으로 몰고 갔다.

그러다 어느 날, 7살 딸이 친구들 앞에서 "우리 엄마는 요리를 정말 잘해. 내가 먹고 싶은 거 다 해줘"라고 자랑하는 말을 들었다.

그 순간, 내가 잊고 있던 나의 강점들을 내 아이가 기억하고 있다는 사실에 마음 한구석에서 무언가가 다시 살아나는 기분을 느꼈다. 딸의 그 말 한마디가 나를 다시 일으켜 세웠다고 할 수 있다.

그날 이후 나는 내가 잘했던 것들을 떠올리며 조금씩 자신감 있는 말들을 꺼내기 시작했다. 말은 그 사람의 마음 상태를 그대로 반영하며, 그 말들이 내 자신에게 어떤 영향을 미치는지도 크다.

부정적인 말들을 입에 달고 살 때는 모든 일이 더 어렵게 느껴졌고, 스스로에 대한 자신감도 계속 떨어졌다. 하지만 그 말을 조금씩 바꾸면서부터 다시 예전의 나로 돌아올 수 있었다.

"내가 이걸 할 수 있을까?"라는 생각 대신, "그래, 한번 해보자"라고 시작하는 것만으로도 마음이 달라졌고, 그 변화가 곧 행동으로 이어졌다. 내가 내뱉는 말이 곧 나 자신이 될 수 있다는 것을 그때 깨달았다.

말은 매우 강력한 도구다. 우리 자신을 믿게 만들 수도 있고, 반대로 스스로를 얽어매게 할 수도 있다.

부정적인 말들, 특히 "난 못할 거야"라는 작은 부정적 표현 하나가 우리 자신을 얼마나 속박하는지 생각해볼 필요가 있다.

대화 속에서 무의식적으로 나오는 "전 못해요"라는 말이 얼마나 많은 기회를 차단하고, 관계에 부정적인 영향을 끼치는지 돌아보는 것이 중요하다.

그 말 대신 긍정적인 말로 대화를 시작해야 한다. "응, 맞아"나 "할 수 있어"와 같은 표현으로 말이다.

딸이 내게 자랑스럽게 했던 그 순간처럼, 우리도 스스로에게 긍정적인 말을 해줄 필요가 있다. 내 실패나 약점이 아니라, 내가 잘했던 것들을 기억하며 자신감 있게 말하는 것이다.

"나 잘할 수 있어"라는 말 한마디가 그 시작이 될 수 있다.

부정적인 말들을 줄이고, 긍정적인 표현들로 대화를 채워 나가면 어느새 마음도, 생각도, 나아가는 방향도 달라질 것이다.

 다음번에 누군가가 "너 그거 잘하잖아"라고 말했을 때, "아니야"라고 부정하는 대신 그 말을 있는 그대로 받아들이고 "응, 맞아. 나 그거 잘해"라고 말해보자.

 그 한마디가 마음속 깊이 스며들어 더 큰 자신감을 불어넣어 줄 것이다. 그 변화는 나 자신뿐만 아니라 나를 바라보는 주변 사람들에게도 긍정적인 영향을 미칠 것이다.

# 성공을 부르는 소통

어느 날, 중요한 계약을 앞둔 고객을 만났을 때의 일이다. 나는 머릿속으로 고객이 필요로 할 만한 정보를 줄 생각에 꽉 차 있었다.

고객이 앉자마자 나는 마치 기다렸다는 듯이 내가 알고 있는 것들을 하나하나 쏟아냈다. 그런데 이상하게도, 대화가 흐름을 타지 않는 것 같았다.

고객은 내 말을 들으며 고개를 끄덕였지만, 무언가 부족하다는 표정을 짓고 있었다.

우리는 흔히 전문가로서 더 많은 정보를 주고 더 많이 설명해야 고객이 신뢰하고 만족할 거라고 생각한다. 하지만 진짜 중요한 건 그게 아니었다.

그날 이후로, 나는 대화를 새롭게 시작하기로 했다. 먼저 고객이 자신의 상황을 충분히 이야기하게 두는 것.

내가 아는 것보다 고객이 어떤 생각을 하고 있는지, 무슨 문제를 겪고 있는지, 그들이 무엇을 원하는지 더 알아야 했다. 그러고 나니 모든 게 달라졌다.

한 번은 창업을 고민하던 젊은 여성 고객을 만났다. 그녀는 고민이 많아 보였고, 내가 어떤 답을 줄지 기대하는 것처럼 보였다. 하지만 그날 나는 달랐다. 무작정 답을 제시하는 대신, "지금 가장 고민되는 게 뭘까요?"라고 물었다.

그녀는 천천히 자신의 이야기를 꺼내기 시작했고, 이야기가 진행될수록 그녀 스스로도 정리가 되는 것처럼 보였다.

결국 그녀는 "아, 제가 생각했던 방향이 맞는 것 같아요"라고 결론을 내렸다. 나는 그저 그녀의 말에 귀 기울이고, 때로는 질문을 던져주며 생각을 끌어냈을 뿐인데, 그녀는 스스로 답을 찾아갔다.

내가 말을 많이 하는 것이 항상 유익한 것은 아니었다. 오히려 상대방이 더 많이 말하게 두는 것이 대화의 흐름을 자연스럽게 만들고, 그들의 생각을 명확하게 정리하게 도와준다. 우리는 스스로 말하면서 생각을 더 깊이 들여다보고 결론에 이르게 된다.

특히 창업 컨설팅처럼 개인적인 상황에서 결단과 선택이 중요한 경우에는 상대방이 스스로 답을 찾는 것이야말로 가장 강력한 해답이 된다.

이제는 고객이 스스로 말하게 두는 것이 얼마나 중요한지 알게 되었다. 내가 그들의 입을 대신해 줄 수는 없기 때문이다.

그들이 말하면서 스스로 답을 찾고, 나는 그 과정에서 지식적으로 필요한 부분만 살짝 도와주면 된다. 가끔은 내가 아무 말도 하지 않더라도, 고객이 스스로 해결책을 찾고 환히 웃을 때가 있다.

그럴 때는 내가 꼭 무언가를 알려줘야 한다는 압박에서 벗어나, 오히려 고객이 자신의 해답을 발견할 수 있도록 도와주는 조력자가 된 것 같아 더 보람이 느껴진다.

우리가 대화를 할 때, 상대방이 더 많이 말하게 두면 대화는 그 사람의 필요와 상황을 중심으로 흘러가게 된다. 반대로 내가 계속 말을 하면 대화는 어느새 나의 주장이 중심이 되면서 상대방의 진짜 이야기는 사라지기 마련이다.

그들이 말을 많이 할수록 나는 그 사람의 진짜 고민과 문제를 더 명확하게 알 수 있다. 결국 그 정보가 쌓일수록 나는 그들에게 가장 필요한 답을 줄 수 있게 된다.

한 번은 이런 생각을 한 적이 있다. "내가 하는 말이 이 사람에게 정말 필요할까?" 물론, 내가 가진 정보와 지식이 고객에게 유익할 수 있다.

하지만 그들이 충분히 자신을 표현하고 말하지 않으면 그 정보는 그들에게 와 닿지 않을 수 있다. 결국은 상대방의 이야기를 충분히 듣고, 그들이 필요로 하는 것이 무엇인지 먼저 알아야 했다.

가끔 고객들이 와서 긴 이야기를 하며, 스스로 그 속에서 답을 찾는 모습을 보면 참 신기하다.

예전에는 그저 내가 더 많이 알아서 알려줘야 한다는 생각에만 빠져 있었는데, 이제는 내가 말을 줄이고 그들이 말하게 두는 것이 더 효과적이라는 걸 알았다. 상대방이 말할수록 대화는 깊어지고, 신뢰는 쌓인다. 그리고 그 신뢰는 결국 계약으로 이어진다.

생각해보면 우리가 친구랑 대화를 할 때도 마찬가지다.

친구가 고민을 털어놓을 때, 우리가 모든 답을 다 주려고 하기보다 그저 들어주고, 공감해주고, 질문을 던져주면 그 친구가 스스로 답을 찾는 경우가 많다.

컨설팅도 다르지 않다는 걸 알게 되었다. 고객이 스스로 그들의 길을 찾을 수 있도록, 나는 그저 옆에서 그 길을 더 환하게 비춰주면 되는 것이다.

결국 중요한 건 내가 얼마나 말을 많이 하느냐가 아니라, 그들이 얼마나 많이 말할 수 있게 해주느냐였다. 그들이 마음속에 있는 답을 꺼낼 수 있도록 돕는 것, 그게 내가 해야 할 진짜 일이었다.

대화를 통해 그들의 마음을 여는 것, 그게 성공적인 컨설팅의 시작이다.

# 관계를 오래 유지하고 싶을 때

어느 날, 회사에서 정말 지치는 일이 있었다. 내가 잘못한 부분도 있었지만 상대방도 잘한 건 아니었다. 속이 답답해서 남편에게 털어놓았는데, 기대했던 공감 대신 돌아온 건 해결책이었다.

"누가 더 잘못했는지 따져봐야 해"라며 문제의 원인을 분석하려고만 하더라. 그 순간 짜증이 확 났다. 내가 원한 건 해결책이 아니라, 그저 내 이야기를 들어주고 나를 이해해주는 사람이었는데 말이다.

오래된 친구들을 만났을 때는 완전히 반대였다. 내가 힘든 이야기를 꺼내면 친구들은 말없이 들어주다 말했다.

"그래, 네가 잘못한 부분이 있을 수도 있지만, 우린 언제나 네 편이야. 다 지나가고 나면 결국 괜찮아질 거야. 그러니까 오늘은 우리랑 맛있는 거 먹고 즐겁게 지내자"라며 나를 위로해 주었다.

이 말들이 논리적으로 완벽하지는 않을지 몰라도 그 순간에는 아무 근심 걱정 없이 온전히 행복할 수 있었다. 친구들의 그 따뜻한 말 한마디가 나를 안심시키고 다시 일어설 수 있게 만들어 주었다.

사실 많은 사람들이 "진정한 친구라면 잘못한 부분도 지적해줘야 하는 거 아니야?"라고 말할지도 모른다. 하지만 나에게는 그런 지적을 해주는 사람이 이미 차고 넘쳤다. 회사에서도, 집에서도, 그리고 나 자신도 나를 비판하는 일이 많았다.

그저 나를 있는 그대로 받아주고 내 이야기를 들어줄 수 있는 사람이 필요했다. 그리고 그런 친구들과의 대화가 나에게는 가장 큰 위로가 되었다.

대화할 때 항상 정답을 찾으려고 애쓸 필요는 없는 것 같다. 때로는 상대가 원하는 건 해결책이 아니라, 그저 나의 이야기에 공감하고 내 감정을 이해해주는 것이다.

완벽한 해결책이란 것은 어쩌면 존재하지 않을 수도 있다. 하지만 누군가가 내 아픔을 알아주고 그 순간을 함께해 준다면 그 자체로 큰 힘이 된다.

내 친구들과의 대화는 늘 그랬다. 서로의 부족한 부분을 꼬집는 대신 어떻게든 그 순간을 함께 이겨내고 더 나아갈 수 있도록 서로에게 힘이 되어주는 것이다.

한 번은 친구가 직장에서 큰 실수를 했다고 말했다. 당연히 스스로도 잘못을 이미 알고 있었을 것이다. 그때 내가 "넌 그런 실수를 할 수밖에 없었지"라며 지적했다면 그 대화가 어떻게 흘러갔을까? 대신 나는 "괜찮아, 누구나 실수는 해. 그게 너의 가치를 결정짓는 건 아니야"라고 말했다. 그리고 그 친구는 나중에 그 말이 큰 위로가 되었다고 했다.

우리 모두는 살면서 크고 작은 실수를 하고 그로 인해 힘든 순간을 맞이한다. 그때마다 나를 지적하는 사람은 많겠지만, 정말 필요한 건 "괜찮아, 넌 소중해. 내가 응원할게"라는 말이다.

그런 말들은 단순히 위로를 넘어 상대방을 있는 그대로 받아들이고, 그들이 어떤 상황에서도 나와 함께할 거라는 신뢰를 주기 때문이다.

관계를 오래 유지하는 대화법은 간단하다. 서로의 이야기를 귀 기울여 듣고, 그 상황에 맞는 답을 주기보다는 그들이 느끼는 감정을 함께 나누는 것이다. 꼭 해결책을 줄 필요는 없다.

그냥 "네가 힘든 걸 알아. 난 언제나 네 편이야"라고 말해

주는 것만으로도 충분할 때가 있다. 그 말 한마디가 더 큰 신뢰를 쌓고 관계를 더 오래 유지하게 만드는 힘이 된다는 것을 경험하게 될 것이다.

친구들과 30년 넘게 이어온 우정이 그걸 증명한다. 우리는 서로의 잘못을 너무 잘 안다. 하지만 굳이 그걸 매번 지적하지 않는다. 대신 언제나 서로의 편이 되어준다. 시간이 흐르면서 우리 관계는 더 단단해졌고, 서로를 더 깊이 이해하게 되었다. 상대방이 무너져도 그 옆에서 함께 있어주는 것, 그게 진짜 관계의 힘이다.

세상에는 이미 우리를 평가하고 지적하는 사람들이 많다. 그래서 오히려 진짜 소중한 관계는 그 반대로, 무조건적인 지지와 공감으로 유지되는 것 같다.

상대방이 무너지지 않도록 그 옆에 있어주는 것이다. 남편이 해결책을 찾으려 애쓸 때 느꼈다. 내가 원했던 건 답이 아니라 그저 "난 언제나 네 편이야"라는 말이었다.

그래서 오늘, 친구나 사랑하는 사람과 대화를 할 때 그들이 힘들어 보이면 해결책을 찾으려고 애쓰지 않아도 된다. 대신 그들이 스스로 말할 수 있는 시간을 주고, 그들의 감정을 인정해 주면 된다.

그럼 자연스럽게 관계는 더 깊어지고, 서로에 대한 신뢰도 더 강해질 것이다. "괜찮아, 난 네 편이야"라는 말이 얼마나 큰 힘이 되는지, 그 말이 관계를 얼마나 오래가게 할 수 있는지 느껴보면 좋겠다.

# 이소희

30년간 공직에서 기획과 홍보 업무를 맡아왔다. 영화 트로이에서 아킬레스는 '신들은 인간을 질투한다'고 했다. 인간은 유한한 삶을 살기에 매 순간을 더욱 소중하게 여긴다. 이제는 글을 통해 그 소중한 순간들을 기록하며, 삶의 깊이를 탐구하고 있다.

스레드 @geul_sup
브런치
https://brunch.co.kr/@723af29db3b8435#info

# 칭찬은 긍정의 바람개비

살다 보면 칭찬을 건네는 일이 어색하게 느껴질 때가 있다. 이 말이 진심으로 들릴까, 아니면 아부로 보일까 하는 생각에 머뭇거리며 하려던 말을 삼키고 만다. 하지만 작은 한마디가 상대의 하루, 나아가 삶에 변화를 줄 수 있다는 사실을 안다면, 용기를 내어 칭찬을 전할 수 있을 것이다.

나 역시 칭찬에 서툴렀다. 맡은 일을 잘 수행하면 충분하다고 생각했기에 굳이 칭찬을 덧붙여야 할 이유를 느끼지 못했다. 그러나 부서장 역할을 맡고 보니 생각이 달라졌다.

어느 날, 한 직원이 다가와 "오늘 발표 인상 깊었어요! 어떻게 준비하신 건가요?"라고 말해주었는데, 그 한마디가 마음 깊이 울려 퍼졌다. 오랜 시간 준비로 쌓였던 피로가 한순간에 사라지는 듯했다.

그 후 자연스레 그 직원에게 관심이 생기고 대화의 기회가 늘어나면서 우리는 점점 가까워졌다. 이처럼 사람은 칭찬을 통해 느낀 감정을 오래 간직한다.

말이나 행동은 잊힐지라도, 그때 느꼈던 감정은 깊이 남아 서로를 더 가깝게 연결해 준다. 칭찬은 단순한 표현이 아니라, 관계를 변화시키고 마음을 움직이는 힘을 지닌다.

사람은 바람개비와 같다. 칭찬이라는 바람이 불어오면 잠자고 있던 긍정의 힘이 깨어나며 활기를 되찾고, 그 에너지는 바람개비처럼 힘차게 돌아간다. 한 번의 칭찬이 개인의 기분을 밝히고 나아가 팀의 분위기와 성과에도 변화를 일으킬 수 있다.

사실, 칭찬의 영향력은 예상보다 훨씬 크다. 미국 브리검 영 대학교 연구에 따르면, 교사가 학생에게 칭찬하는 빈도를 높이자, 학생들의 집중도가 크게 증가했고 성적 또한 상승했다. 학교뿐 아니라 가정에서도 진심이 담긴 칭찬은 자녀에게 자신감과 동기를 불어넣는다.

　예를 들어, 숙제를 끝낸 자녀에게 "네가 정말 자랑스럽다"라는 말 한마디가 커다란 성취감을 심어줄 수 있다. 인정받는다는 느낌, 그것이 바로 칭찬의 깊은 영향력이다.

　칭찬은 사람 사이의 거리를 좁혀주며, 서로를 이어주는 다리가 된다. 마치 다리가 강이나 계곡을 이어주는 통로 역할을 하듯 칭찬은 두 사람 사이의 감정적 틈을 메우고 더 깊은 대화와 이해를 가능하게 한다.

"네가 있어서 든든하다"
"덕분에 일이 잘 마무리됐어. 고마워"와 같은
짧은 말 한마디가 그렇다.

칭찬은 결코 아부가 아니다. 그것은 마음에서 나오는 진심과 감사의 표현이다. 자주 칭찬한다고 해서 그 가치가 줄어들지 않는다.

오히려 진솔한 말은 상대에게 신뢰와 울림으로 다가간다. 또한, 칭찬을 전하는 순간 내 안에도 긍정의 에너지가 채워짐을 느끼게 된다. 칭찬을 통해 우리는 함께 성장하며, 서로를 지지할 힘을 얻게 된다.

망설임 없이 칭찬을 건네보자. 짧은 한마디가 누군가의 하루를 환하게 비추고 더 나아갈 용기를 줄 수 있다. 칭찬은 마음을 녹이는 온기와도 같다.

그 따뜻함이 전해질 때 관계는 깊어지고, 서로에게 긍정의 힘이 스며든다. 칭찬이 만들어낸 다리가 더 넓은 세상으로 우리를 이끌어줄 것이다.

# 실수는 괜찮아,
# 그 후가 더 중요해

실수는 누구나 한다. 아무리 완벽을 지향해도 실수는 피할 수 없다. 특히 일터에서는 크고 작은 실수가 발생하기 마련이다. 그러나 실수가 꼭 큰 문제가 되는 것은 아니다.

중요한 것은 실수 후 어떻게 대응하느냐에 있다. 이를 설명하기 위해 직장에서 흔히 겪을 수 있는 사례를 들어보겠다.

한 직원이 회의 30분 전에 중요한 자료의 수치에 오류가 있음을 알아차렸다. 순간 당황했지만, 시간이 촉박하다는 이유로 그냥 넘어가기로 했다. 그러나 회의 도중 오류가 드러나며 분위기는 얼어붙었다.

당황한 직원은 "시간이 없어서 수정하지 못했습니다"라고 해명했지만, 그 말은 오히려 팀장의 불만을 불러왔고 회의는 중단되었다. 미리 해결할 수 있었던 작은 실수가 더 큰 문제로 확대된 것이다. 여기서 중요한 것은 실수가 아니라, 실수 후의 적절한 대응이었다.

이처럼 실수를 마주했을 때 중요한 건 그 실수를 어떻게 받아들이고, 무엇을 배우느냐에 있다.

실수는 완벽하지 않다는 자연스러운 증거다. 누구나 실수를 통해 자신의 부족함을 깨닫고 이를 받아들일 때 비로소 성장의 기회를 맞이하게 된다. 하지만 모든 실수가 같은 가치를 가지는 것은 아니다.

'좋은 실수'와 '나쁜 실수'를 구분할 필요가 있다. 좋은 실수란 배울 점이 있는 실수이며, 문제 해결의 가능성을 남겨두는 반면 나쁜 실수는 회피와 변명으로 문제를 더 키우는 경우다.

특히 과학이나 창조적인 분야에서는 실수가 성공으로 가는 중요한 발판이 되기도 한다. 하버드 비즈니스 리뷰 (Harvard Business Review)는 실수 후 신속하게 인정하고 해결 방안을 제시하는 태도가 신뢰를 높이는 핵심이라고 보고한다.

연구에 따르면, 이런 투명한 대응을 통해 직원이나 소비자에게 더 큰 신뢰를 얻는다는 결과가 나타난다. 실수는 숨기는 것이 아니라, 배움의 기회로 삼을 때 그 가치를 발휘하게 된다.

실수를 만회하는 첫 번째 방법은 사과다. 이는 단순한 말이 아니라 상대방이 느낄 수 있도록 진심을 담아 구체적으로 어떤 점에서 잘못이 있있는지 설명하는 것이 중요하다. 단순히 "미안해"로 끝나는 것이 아니라, 실수의 원인을 설명하고 자신의 책임을 분명히 하는 사과는 상대의 마음을 어루만지며 상처를 덜어주는 힘을 지닌다.

하버드 연구에 따르면, 사과가 명확하고 구체적일수록 상대로부터 더 큰 신뢰를 얻을 수 있다고 한다. 사과는 관계를 단단히 이어주고, 그 관계 속에서 우리는 다시 성장할 기회를 얻는다. 고로 실수를 변명으로 덮는 행위는 지양해야 한다.

변명은 신뢰를 떨어뜨리고 상처를 더 깊게 만들 뿐이다. 반면, 변명 없이 자신의 실수를 인정하는 용기는 상대에게 신뢰를 회복하게 해준다. 영국 배스 대학교 연구에 따르면, 자신의 실수를 솔직하게 인정하는 태도가 긍정적인 평가로 이어진다고 한다.

특히 창조적 성과를 내기까지 오랜 시간이 필요한 예술 분야에서는 실수를 이해하고 기다려주는 문화가 중요하다. 즉각적인 성과를 요구하는 대신 긴 호흡으로 결과를 기다려 주는 태도가 창의성을 발현하는 환경을 조성한다.

실수를 통해 우리는 무엇이 부족했는지, 무엇을 배워야 하는지를 깨닫게 된다. 하지만 이러한 배움을 얻기 위해서는 실수를 제대로 기록하고 성찰하는 과정이 필요하다.

실수가 진행되는 과정에서 모든 단계를 기록하고 다시 돌아보는 태도는 같은 실수를 반복하지 않게 도와준다. 실수에서 얻는 배움은 더 나은 결정을 내릴 수 있도록 돕고, 나아가 조직과 개인의 성장을 이끄는 바탕이 된다.

결국 실수는 우리를 더 나은 사람으로 성장하도록 돕는다. 과학 기술 분야에서도 수많은 실패와 실수를 통해 발전을 이루고, 예술가들도 긴 기다림 끝에 성과를 낸다.

실수와 실패를 두려워하지 않고 이를 통해 배우는 자세는 개인의 성장을 돕는 중요한 자질이다. 작은 실수에서부터 큰 실패까지, 모든 과정에서 배움을 얻는다면, 실수는 더 이상 두려움이 아니라 성장의 원동력이 된다.

오늘부터 작은 실수 하나라도 배움의 기회로 삼고, 실수

를 통해 조금 더 나아질 수 있다는 긍정적인 마음가짐으로
하루를 열어보자.

# 상대의 마음을 여는 간단한 방법

퇴직 후 혼자 떠난 대만 여행이었다. 어쩐지 모든 게 서툴고, 시작부터 불안했다. 낯선 지하철에서 엉뚱한 곳에 내려 한참 헤맨 끝에 간신히 미술관에 도착했지만, 하필 그날은 휴관일이었다.

허탈한 마음을 달래고자 미리 찾아둔 음식점으로 향했으나, 이번엔 공사 중이라 문이 닫혀 있었다. 실망을 삼키며 다른 곳으로 갔지만 또다시 브레이크 타임에 걸렸다. 마치 모든 계획이 엇나가는 듯했고, 점점 피로와 허탈감이 겹쳐 갔다.

모든 게 틀어진 듯한 그 순간, 잠시 쉬러 들어간 작은 카페에서 주인이 다가와 말을 걸었다. 낯선 곳에서 지친 마음에 그의 따뜻한 미소는 이상하게도 위로가 되었다.

"여기 처음 오셨죠?"

나도 모르게 솔직한 마음이 흘러나왔다. "네, 오늘 하루 계속 헤매고만 있네요. 혼자 여행도 처음이라 겁도 나고요." 내 말을 듣고 주인은 부드럽게 웃으며 "괜찮아요. 몇 군데 추천할 만한 곳을 알려드릴게요"라고 말했다.

그와의 대화는 자연스럽게 이어졌다. 다시 만나지 않을 사람이라는 생각에, 평소에 꺼내지 않던 감정까지 솔직하게 털어놓았다.

그는 현지인들만 아는 작은 식당을 추천해 주었고, 그곳에서 따뜻한 저녁을 보냈다. 하루의 피로를 녹여주는 국물과 훌륭한 음식이 나를 감싸 안는 듯했다. 틀어지기만 했던 하루가 그의 작은 배려 덕에 최고의 하루로 바뀐 순간이었다.

  그날 이후, 생각했다. 이렇게 소소한 친절이 사람의 하루를 어떻게 바꿀 수 있는지. 내가 받았던 따뜻함을 다른 누군가에게 전해주고 싶다는 마음이 생겼다. 일상 속에서 주고받는 사소한 말 한마디, 무심코 건네는 작은 배려가 얼마나 큰 힘이 될 수 있는지.

당신의 말 한마디가 누군가의 하루에 스며들어 특별한 의미가 될 수 있다.
잘 기억하고, 그 순간이 오면 하나씩 천천히 따라해보길 바란다.

## 관심을 기울이기

상대방의 말을 진심으로 들어주는 것은 마음의 문을 여는 첫걸음이다. 단순히 듣는 것에 그치지 않고, 상대의 감정을 느끼고 공감해 주는 것이 중요하다.

활용 예시: 상대방이 힘든 일을 이야기할 때, "그랬군요, 많이 힘드셨겠어요"라고 답해 보자. 이는 그들의 감정을 이해하고 있다는 메시지를 전달해 준다.

**진심 어린 칭찬**

작은 장점 하나에도 진심을 담아 칭찬하면 그 말은 상대의 마음에 오래 남는다. 칭찬은 가볍지만, 그 울림은 깊다.

활용 예시: 함께 일하는 동료가 사소한 성과를 거뒀을 때, "덕분에 일이 더 잘 진행된 것 같아요. 정말 대단해요"라고 진심으로 칭찬해 보자. 칭찬은 상대의 자존감을 높이고 관계를 더 돈독하게 만들어 준다.

**고마움을 표현하기**

아무리 작은 도움이라도 "고마워요"라는 말을 잊지 않는다면, 그 말이 관계를 깊고 단단하게 만든다. 함께 나누는 마음의 무게가 다르게 느껴지기 때문이다.

활용 예시: 누군가가 아주 작은 도움을 줬을 때도 "덕분에 정말 편해졌어요. 고마워요"라고 말해 보자. 이러한 표현은 상대가 자신의 행동이 가치 있었다고 느끼게 만든다.

**격려와 지지 보내기**

힘든 상황을 겪는 사람에게 건네는 한 마디의 응원은 그 사람에게 큰 힘이 된다. 특히, 상대가 쉽게 지칠 때 필요한 응원은 단단한 버팀목이 되어준다.

활용 예시: 친구가 새로운 도전을 앞두고 있을 때 "네가 잘해낼 거라고 믿어. 항상 응원할게"라고 말해 주자. 응원의 메시지는 그들에게 용기를 불어넣어 주고, 관계를 더 따뜻하게 만들어 준다.

**부드럽게 솔직해지기**

가식 없이 진솔하게 다가갈 때, 진정성이 전달된다. 솔직한 마음은 상대에게 신뢰를 주고, 거리를 좁히는 힘이 있다.

활용 예시: 오랜만에 만난 친구에게 "너랑 이야기하니까 마음이 편해진다. 진짜 고마워"라고 솔직히 말해 보자. 진심이 담긴 말은 상대와의 거리를 더욱 가깝게 만들어 준다.


**어쩌면 당신의 작은 배려가 오늘 누군가에게는 특별한 순간이 될지도 모릅니다.**

**당신은 언제 누군가에게 따뜻한 말을 들어본 적이 있나요?**

# 거친 말을 다듬는 법:
# 부드러움의 미학

말은 감정을 담아 전달하는 그릇이다. 사람들 사이에서 오가는 대화는 서로의 마음을 느끼고 공감하는 중요한 통로가 된다.

그러나 순간의 격한 감정에 휩쓸려 나온 거친 표현은 상대에게 깊은 상처를 남기며, 다듬어지지 않은 날카로운 말은 돌이킬 수 없는 아픔을 안겨주기도 한다.

한 번 더 생각하여 고른 말은 따뜻함과 배려를 담아 상대의 마음에 온기를 전해준다. 내뱉은 말을 되돌릴 수 없기

283

에, 언제나 신중함을 기해야 한다.

부드러운 대화는 사실 적은 노력으로 충분히 가능하다. 감정이 고조된 상황에서 잠시 숨을 고르고, 마음이 앞서기 전에 멈추는 순간을 가지는 것만으로도 변화를 만든다.

그러면 말의 속도가 차분해지며 마음속 감정도 차츰 가라앉는다. 전하려던 메시지가 자연스럽게 온화한 어조와 표현으로 바뀌어 상대에게 닿는다.

거친 말을 내뱉기 전에 상대의 입장에서 다시 한번 생각해 보는 태도가 필요하다. '이 말을 들으면 어떤 마음이 될까?'라고 자문하면 자연히 단어와 어조가 차분해진다. 그렇게 다듬어진 표현은 품격 있는 대화를 이끌어낸다.

순간 화를 참지 못해 쏟아낸 말들은 속을 시원하게 할지 모르나, 돌이킬 수 없는 후회를 남긴다. 대화 속 온화함은 상대를 깊이 이해하려는 마음의 발현이다. 따스한 온기를 지닌 말은 그 자체로 위로가 된다.

어려운 주제를 꺼낼 때 상대가 갑작스럽게 받아들이지 않도록 예고하는 말은 중요한 역할을 한다.

"조금 부담스러울 수 있지만…"이라는 말로 시작하면, 상대는 예상치 못한 충격을 덜 받고 마음의 준비를 하게 된다. 그러면 그 순간, 대화의 긴장은 서서히 완화되고 상대의 마음도 방어적인 자세에서 벗어난다.

상대가 준비할 시간을 가지며 듣기 위한 열린 마음을 유지하게 되면 대화의 흐름은 자연스럽게 유연해진다.

이때 양쪽은 각자의 입장을 차분히 표현할 여유가 생기고 서로의 이야기를 온전히 이해할 기회를 얻게 된다. 이러한 배려가 대화를 더 부드럽고 깊이 있는 소통으로 이끌어 나가는 데 밑바탕이 된다.

내가 불편함을 전달해야 할 때도, 차가운 말투 대신 따뜻한 여지를 남겨 표현하는 것이 좋다.

"이 부분이 어렵네요"보다는 "이 부분을 조금 더 고민해 보면 좋겠습니다"라고 전하면, 같은 내용이라도 듣는 사람의 마음이 한결 가벼워진다. 대화 속 긍정의 여백은 서로에 대한 존중과 배려를 담고 있다.

때로는 단어 하나만 바꿔도 분위기가 달라진다. "왜 이렇게 했습니까?" 대신 "조금 다르게 생각해보면 어떨까요?"라고 묻는다면 상대에게 상처를 주지 않으면서도 생각할 기회를 준다. 부드러운 표현은 상대의 마음을 여는 열쇠가 되어 대화를 더욱 가까운 소통으로 이끈다.

무거운 말을 꺼내야 하는 순간에도 경직된 표정 대신 미소를 지으면 그 말의 무게가 한결 덜어져 전달된다.

상대도 자연스럽게 방어적인 태도를 내려놓고, 내 말을 받아들일 준비가 된다. 마치 닫혀 있던 문틈 사이로 작은 빛이 스며들 듯, 미소는 굳어 있던 마음을 부드럽게 열어준다. 결국, 무겁게 시작된 대화도 부드러운 흐름을 타며 서로의 진심에 닿을 수 있는 길이 열린다.

또한, 어쩌다 말이 거칠어졌다면 빠르게 "내가 너무 심했네요. 미안해요"라고 사과하는 것이 필요하다. 진심 어린 사과는 대화 중에 발생할 수 있는 오해를 가라앉히며 상처받은 마음을 천천히 달래준다. 사과는 잘못을 인정하는 솔직함과 상대를 위한 배려에서 비롯된다.

부드러운 한마디, 조심스럽게 다듬어진 한 문장은 대화의 공기를 바꾸고 사람들 사이의 마음을 잇는다. 날카로운 말 대신 따뜻한 마음을 전할 때, 우리는 서로에게 더 가까워진다. 작은 배려들이 모여 대화는 우리 삶의 온도를 높이고 서로를 더욱 행복하게 만든다. 부드러움의 미학은 결국 상대의 마음에 닿고자 하는 작지만, 깊은 소망에서 출발한다.

# 갈등을 예방하는 현명한 대화법

'갈등'이라는 단어는 칡과 등나무가 얽혀 풀기 어려운 상태를 뜻한다.

삶을 살다 보면 예상치 못하게 타인과 엮이며 생각과 감정이 얽히고 오해가 쌓여 갈등 상황을 겪게 되기 쉽다. 작은 일이라도 커다란 문제로 번지지 않도록 신중함이 필요하다.

갈등은 단순한 오해에서 출발한다. 피곤하거나 예민한 날이면 평소보다 더 방어적인 반응이 나오게 마련이며, 이런 태도가 오해를 더욱 깊게 만든다.

순간적인 감정에 즉각적으로 반응하지 않고 잠시 멈춰서 생각하는 시간이 필요하다. 짧은 휴식이나 깊은 숨을 통해 마음을 가라앉히면 내 감정을 객관적으로 바라볼 여유가 생긴다.

갈등을 줄이기 위해서는 자신의 감정을 살피는 습관이 필요하다. 예민한 날에는 스스로 "내가 지금 느끼는 감정이 어디에서 왔는가?"라고 물어보고, 피로나 스트레스가 원인인지 되돌아보는 것이 중요하다. 이러한 자기 점검이 불필요한 갈등을 피하는 데 큰 역할을 한다.

대화를 시작할 때 상대의 입장에서 생각하려는 태도를 가지자. "내가 저 말을 들었다면 어떤 기분일까?"라는 간단한 질문만으로도 대화의 흐름이 달라질 수 있다. 상대의 입장을 헤아리면 자연히 말투와 표현이 부드러워지기 마련이다.

중요한 점은 감정을 억누르기보다 솔직히 드러내는 것이다. 감정을 쌓아두면 언젠가 터지기 마련이다. 감정을 쌓아두면 사소한 상황에서도 불만이 터져 나올 수 있다.

팀 회의 중 동료의 작은 말 한마디가 그동안 누적된 불편함을 폭발시키는 계기가 될 수 있다. 솔직한 감정 표현은 갈등을 풀어가는 첫걸음이며, 관계를 더욱 단단히 하는 밑바탕이 된다.

상대를 비난하기보다 상황을 관찰하여 접근하는 태도가 필요하다. "왜 그렇게 했어요?" 대신 "내가 본 상황은 이랬는데, 그때 어떤 일이 있었나요?"라고 물으면 상대에게 설명할 기회를 줄 수 있다.

상대의 이야기를 들어주는 것만으로도 갈등이 해소되고 대화의 흐름이 부드러워진다.

대화 중에는 상대의 말을 끝까지 들어주는 자세가 필요하다. 중간에 끊지 않고 "그랬군요"라고 반응하는 것만으로도 상대는 존중받고 있음을 느낀다.

이런 경청은 함께 소통하고 있다는 인식을 주며, 갈등을
예방하는 든든한 다리가 된다.

긍정적인 표현을 쓰는 습관도 갈등을 줄이는 데 크게 기
여한다. 예를 들어 "이 부분은 좀 아쉽네요"라고 지적하는
대신 "다음번에는 이렇게 해보면 결과가 더 나아질 것 같
아요"라고 제안해 보자.

작은 차이지만, 상대방은 자신의 노력이 인정받고 있다
는 느낌을 받고, 감정의 상처 없이 협력의 분위기가 형성
된다. 한 마디의 부드러운 표현이 대화의 흐름을 긍정적으
로 바꿀 수 있다.

끝으로, 감사와 칭찬을 잊지 않는 태도는 갈등을 막는 중
요한 요소가 된다. "수고 많았습니다", "낭신 덕에 일이 잘
풀렸습니다"와 같은 짧은 말이 상대에게 존중받고 있음을
느끼게 한다. 작은 감사와 칭찬을 담은 말은 마음을 여는

열쇠가 되어, 서로의 유대감을 더 깊게 만든다.

# 임은미

저자는 22년 동안 어학원과 영어학원을 운영하며 수많은 학생들에게 영어 교육을 제공해 온 영어 교육 전문가이다. 대학원에서 영어학을 전공하고, 미국 미시건 주립대학교에서 VIPP (Visiting International Professional Program)를 수료하며 국제적인 교육 트렌드를 익혔다. 이 경험을 바탕으로 JnJ에듀와 능률출판사 Build&Grow에서 강사 대상 세미나를 진행하며, 영어 교육의 전문성과 효과적인 학습법을 강사들과 공유해 왔다.

큰아들은 서울대학교 대학원 졸업 후 현재 삼성전자에서 AI 전문 연구원으로 활약하고 있으며, 둘째 아이는 UCLA에서 학사 학위를 메릴랜드 대학에서 박사 학위를 받은 후 현재 메릴랜드 대학교에서 강의하고 있다. 자녀들의 성공적인 학습 경험을 바탕으로, 영어 학습에서 최고의 성과를 낼 수 있는 실질적이고 체계적인 교육법을 개발해왔다.

# 부모의 마음, 아이의 반응

큰아이가 9학년 첫 학기를 마치고 성적표를 받아왔다. 대부분의 과목에서 A+나 A를 받아왔다는 사실에 너무나 자랑스러웠다.

아이가 이렇게나 많은 과목에서 높은 성적을 거두다니, 그 노력과 성취가 정말 대단했다. 하지만 수학 점수를 보니 B+였고, 나도 모르게 입에서 "수학을 B+밖에 못 받았어? 왜?"라는 말이 튀어나왔다.

이 말을 들은 아이의 표정이 순간 어두워졌다. 그리고 곧 큰아이는 평소와는 다른 단호한 목소리로 말했다. "엄마는 내가 잘하는 건 말하지 않고, 못하는 것만 지적해?"

나는 순간 멍해졌다. 평소 온순하던 아이가 이런 식으로 반응할 줄은 예상하지 못했다. 그와 동시에 마음 한편으로는 화가 나기도 했다.

'엄마가 이런 말도 못하나? 어떻게 엄마한테 이렇게 대들 수 있지?'라는 생각이 스쳐 지나갔다. 하지만 화난 마음을 억누르며 나는 잠시 집을 나와 차에 올라탔다. 그리고 조용히 생각에 잠겼다.

차 안에서 조용히 혼자만의 시간을 가지면서 깨달았다. 내가 아이의 입장을 이해하지 못했다는 사실을. 아이가 대단한 성과를 낸 것에 대해 먼저 칭찬하지 않고, 단지 부족한 점만을 지적하는 내 태도가 아이에게 얼마나 큰 상처가 되었을지 비로소 이해가 되었다.

아이의 입장에서는 최선을 다했음에도 불구하고 엄마에

게 인정받지 못한다는 생각이 들었을 것이다. 나도 그랬다. 어릴 적 부모님에게 잘하는 것보다 못하는 점을 지적받았을 때 느꼈던 그 서운함과 슬픔이 떠올랐다.

우리는 종종 사랑하는 사람에게 무심코 던진 한 마디가 그들에게 얼마나 큰 상처가 될 수 있는지를 잊고 산다. 특히 자녀와의 대화에서, 부족한 점을 보완해주고 싶은 마음에서 나온 말이지만, 그 말이 아이에게는 비난처럼 들릴 수 있다.

내가 원하는 것은 아이가 더 나아지기를 바라는 마음이었다. 하지만 그 마음이 왜곡되어 전해지면서 아이의 마음에 깊은 상처를 남겼을 것이다. 부모로서 아이가 더 나아지기를 바라는 마음은 진심이었다. 하지만 아이에게 그것을 제대로 전달하는 일은 결코 쉽지 않았다.

칭찬은 상대방이 인정 욕구를 충족시키는 중요한 소통의 도구이다. 사람은 누구나 자신의 노력이 인정받고 있다는 느낌을 받을 때 비로소 더 큰 동기부여를 얻는다.

내가 먼저 아이의 인정 욕구를 채워주고, 그 성과에 대해 충분히 이야기했다면, 아이의 반응은 분명 달랐을 것이다. 큰아이가 대부분의 과목에서 A+와 A를 받은 것은 정말 대단한 일이었다. 그 성과를 충분히 칭찬하고 나서 수학 점수에 대해 이야기했다면 아이도 그것을 개선의 조언으로 받아들였을지도 모른다.

칭찬 샌드위치 기법이라는 것이 있다. 먼저 상대방의 인정 욕구를 만족시킬 수 있는 긍정적인 부분을 언급하고, 그다음 개선이 필요한 부분을 이야기한 뒤, 다시 긍정적인 메시지로 마무리하는 방법이다.

이 방법을 통해 아이가 자신이 인정받고 있다고 느낀다면, 부족한 부분에 대한 지적도 더 긍정적으로 받아들일 수 있을 것이다. 내가 아이에게 지적한 말이 상처가 아닌 동기부여가 되기 위해서는 대화의 구조와 순서가 중요했다. 운전을 하며 나는 다시 생각했다. 내가 아이에게 던진 그 한 마디가 얼마나 큰 상처였을지.

아이는 아마도 자신이 엄마에게 전반적으로 부족한 사람으로 보였을 것이라는 생각에 상처받았을 것이다.

그저 수학 성적 하나가 B+인 것을 지적했을 뿐이지만, 그 안에 담긴 메시지는 '너는 아직 부족하다'라는 것이었을지 모른다. 말 한 마디의 무게가 이렇게나 클 수 있음을 다시 한 번 느끼며, 앞으로는 아이의 입장에서 더 많이 생각하고 말하려고 다짐했다.

부모의 마음은 언제나 아이의 성장을 바라는 것이지만, 그 마음이 왜곡되지 않고 전해지도록 하는 것은 쉬운 일이 아니다.

앞으로는 작은 칭찬 하나라도 소홀히 하지 않겠다. 아이가 해낸 성취에 대해 충분히 인정하고, 그 다음에 부족한 부분을 이야기하며 아이와 진정으로 소통하는 부모가 되겠다.

말의 무게를 다시 한 번 새기며, 진정한 대화는 상대방의 마음을 이해하고 그들의 성취를 인정하는 것에서부터 시작됨을 잊지 않으려 한다. 그것이야말로 아이와의 관계를 건강하게 이어가는 첫걸음일 것이다.

# 관계의 선물: 주고받는 진심

대부분의 엄마들처럼 나도 첫째보다는 둘째에게 더 관대했다. 첫째는 늘 우수한 성적을 유지했고, 부모의 기대를 저버리지 않았다.

반면, 둘째는 공부에 큰 열의를 보이지 않았고, 성적 역시 그리 뛰어나지 않았다. 하지만 그게 전혀 신경 쓰이지 않았다.

둘째는 착하고 순했으며, 그저 내 곁에 있다는 사실만으로도 나는 충분히 행복하고 감사했다. 그래서 자연스럽게 잔소리나 비난보다는 긍정적인 말들이 더 자주 나왔다. "믿고 있어", "잘하고 있어", "사랑해" 같은 말들.

나도 모르게 둘째에게는 더욱 부드럽고 따뜻하게 대했다. 그건 내가 그 아이를 진심으로 믿고 있었기 때문이었다.

그러던 어느 날, 둘째가 군대에서 힘들었던 때를 떠올리며 말했다. "엄마, 군대에서 힘들 때 엄마랑 통화하고 나면 힘이 났어." 그 말을 들었을 때, 나는 놀라면서도 동시에 의아했다.

내가 무슨 특별한 말을 해줬다고 그 아이가 힘을 얻었을까? 떠오르는 특별한 조언이나 격려의 말이 없었다. 그냥 평소처럼 둘째를 믿고 사랑하는 마음으로 늘 하던 말을 건넸던 것뿐이었다.

그런데 그 단순한 말들이 아이에게는 큰 위로와 힘이 되었던 것이다. 그 순간 깨달았다. 내가 무슨 말을 했느냐는 중요하지 않았다.

중요한 건 내가 아이를 진심으로 믿고 있었고, 그 마음이 자연스럽게 전해졌다는 것이었다. 말은 단순한 도구일 뿐이고, 그 속에 담긴 진심이 더 큰 힘이었다.

이 깨달음 이후로 나는 확신하게 됐다. 대화에서 말보다 중요한 것은 마음이라는 사실을. 사람은 말과 행동뿐만 아니라 눈빛, 몸짓, 그리고 마음속 깊은 곳에서 우러나는 진심으로 상대방에게 다가간다.

말이 부족할 때도 있지만, 마음은 그 말을 넘어 전달될 수 있다. 그렇기에 어떤 말을 하느냐보다 그 말을 어떤 마음으로 하느냐가 훨씬 더 중요한 것이다.

특히 아이와의 대화에서 이 깨달음은 큰 의미가 있었다. 내가 둘째에게 건넨 평범한 말들이 그 아이에게 큰 힘이 되었음을 알게 되면서, 진심이 얼마나 중요한지를 다시 한 번 느꼈다.

말도 중요하지만, 그 안에 담긴 진심이 더 큰 위로와 격려를 전할 수 있음을 알게 됐다. 말하지 않아도 마음은 전해지며, 그 마음이 결국 우리의 삶에 더 깊은 영향을 미친다.

이제는 그 둘째가 오히려 나에게 힘이 되어주고 있다. 늦은 나이에 새로운 도전을 시작한 나에게 둘째는 늘 긍정적인 말을 해주고 나를 격려한다.

한 번은 캔터키 후라이드 치킨 창업자의 이야기를 꺼내며 말했다. "엄마, 그분도 나이 들어서 시작했잖아. 엄마도 늦지 않았어." 그 말을 들었을 때, 나는 그 아이가 내게 전하는 믿음과 응원을 느낄 수 있었다. 한때 내가 아이에게 전했던 믿음이 지금은 아이를 통해 다시 나에게 돌아오는 듯한 느낌이었다.

둘째의 격려를 받을 때마다, 내가 그 아이에게 믿음을 주었던 시간이 떠오른다. 그때 건넸던 작은 말들이 아이에게 큰 힘이 되었던 것처럼, 이제는 그 아이의 말이 나에게 위로와 용기를 주고 있다.

내가 그 아이에게 했던 말들이 다시 나에게 돌아와 나를 격려해주는 이 순간들이 참 소중하게 느껴진다.

이 경험을 통해 나는 깨달았다. 부모와 자녀의 관계뿐만 아니라 모든 인간관계에서 진심으로 믿어주고 지지하는 것이 얼마나 큰 힘이 되는지를.

그리고 그 믿음은 결국 다시 나에게도 돌아온다는 것을. 말로만 전하는 것이 전부가 아니고, 우리가 어떤 마음을 가지고 상대를 대하는지가 더 큰 영향을 미친다는 사실을. 그 진심이 결국 모든 말과 행동 속에서 자연스럽게 드러난다는 것을.

# 진부하게도 말과 믿음이
# 전부를 결정한다

내 친구는 두 아들을 키우면서 아이들의 영어 공부에 대해 자주 나에게 조언을 구했다. 처음에는 기쁜 마음으로 내가 해왔던 경험과 방법들을 공유했다. 그런데 매번 돌아오는 친구의 반응은 예상 밖이었다.

내가 제안하는 방법마다 "우리 아이는 그건 못해", "다른 아이들은 잘하는데 왜 우리 아이만 안 되는지 모르겠어" 같은 말을 하며 부정적인 태도를 보였다.

그럼에도 불구하고 친구는 계속해서 다른 대안을 요구

했다. 이 대화가 반복될수록 나는 점점 지쳐갔고, 어떻게 이 대화를 긍정적으로 이끌어갈 수 있을지 고민하기 시작했다.

친구가 보이는 부정적인 반응은 단순히 내 제안이 마음에 들지 않아서가 아니라, 자녀들에 대한 걱정과 기대가 그만큼 크기 때문일 것이다.

자녀가 잘되길 바라는 마음에 불안해지고, 다른 아이들과 비교하면서 더욱 초조해지는 모습이 보였다. 친구가 더 나은 해결책을 찾고 싶어하는 마음은 충분히 이해할 수 있었다.

하지만 문제는 그 부정적인 말과 태도가 오히려 문제 해결을 더 어렵게 만들고 있었다. 부정적인 시각으로는 어떤 방법도 시도해보기 전에 포기하게 되고, 결국 아이들에게도 나쁜 영향을 미칠 뿐만 아니라, 우리 둘의 관계도 점점 어려워졌다.

사실 내 친구는 좋은 점이 많은 사람이다. 누구보다 아이들을 아끼고, 그들이 잘되기를 바라는 마음이 크다. 하지만 매사에 부정적인 태도를 취하다 보니 그 진심이 잘 전달되지 않는 것 같았다.

오히려 친구의 부정적인 말들은 사람들과의 거리를 만들었고, 그로 인해 친구는 종종 외롭다고 하소연했다. 의도하지 않았지만, 그 부정적인 태도가 주변 사람들과의 관계에 장애물이 되고 있는 셈이다.

완벽한 해결책이 없더라도, 조금씩 시도해보고 긍정적으로 바라보는 마음가짐이 큰 변화를 만들어낼 수 있다. 예를 들어, 친구가 아이의 작은 성취를 칭찬해주고 격려하는 것부터 시작하면 좋겠다.

성적이 완벽하지 않아도 그 과정을 인정하고, 아이의 노력을 조금씩 격려해 주다 보면 친구도 조금씩 더 긍정적인 변화를 체감할 수 있을 것이다. 완벽할 필요는 없다. 작은 시도만으로도 충분히 큰 차이를 만들어낼 수 있다.

나는 친구가 이러한 작은 변화를 시도해보길 바란다. 그리고 그 변화가 친구의 삶에 더 많은 긍정적인 에너지를 가져다주길 기대한다.

부모로서 모든 것을 완벽히 해내야 한다는 부담감보다는, 조금씩 변화하려는 노력이 아이들에게 더 큰 힘이 될 것이다. 그러한 작은 변화가 쌓여서 결국 친구가 진심으로 원했던 모습에 가까워질 수 있기를 바란다.

# 아이에게 물려주는
# 건강한 언어 습관

어느 날 저녁, 외출을 마치고 집에 들어서려는 순간 큰아이의 목소리가 들렸다. 평소와는 다르게 거친 말이 섞여 있었다. 순간 귀를 의심했다. "우리 아이가 욕을 한다고?" 마음이 무겁고 복잡해졌다.

아이는 나를 보자 흠칫 놀라며 불안한 표정을 지었다. 화부터 내고 싶었지만, 차분히 물어보았다. "왜 그런 말을 했어?"

아이는 친구들끼리 욕을 쓰면 더 편하고 친해 보인다고

말했다. 그 속에는 친구들과의 소속감을 유지하고 싶어하는 마음이 담겨 있었다. 나는 그 마음을 이해하면서도 한 가지는 분명히 하고 싶었다.

"말은 네가 어떤 사람인지 보여주는 중요한 부분이야. 좋은 관계를 맺고 싶다면, 그에 걸맞은 말을 해야 해."

아이는 내 말을 듣고 잠시 생각에 잠겼다. 친구들과 자연스럽게 어울리고 싶은 마음이 이해는 됐지만, 욕설을 습관처럼 쓰는 건 결국 아이의 이미지와 신뢰에도 영향을 줄 수 있었다. 그래서 나는 아이에게 제안했다.

"욕 대신에 유쾌한 유머로 분위기를 만들어보는 건 어때?"

"예를 들면, '야 너 진짜 웃기다!'라든지 '너는 정말 그런 걸 어떻게 알아?' 같은 말로 웃음을 유도해보는 거지."

내가 예시를 들자, 아이는 고개를 끄덕이며 조금씩 이해하는 것 같았다. 욕을 단순히 금지하는 것만으로는 충분하지 않다.

아이는 또래 관계 속에서 자신을 표현하고, 친구들과의 거리를 좁히는 방법을 필요로 한다. 중요한 것은 감정을 표현하면서도 긍정적인 언어를 사용하는 습관을 기르는 것이다.

그 과정을 돕기 위해 나는 아이에게 평소에도 다양한 상황에서 쓸 수 있는 말을 알려주고자 했다. 예를 들어 친구가 실수를 했을 때는 "괜찮아, 나도 가끔 그래"라고 말해보라고 했다. 실수를 지적하거나 놀리는 대신, 공감과 유머를 통해 자연스럽게 친해질 수 있다는 걸 보여주고 싶었다.

일상에서도 대화의 기회를 놓치지 않으려 했다. "오늘 학교에서 재밌는 일 있었어?" 같은 간단한 질문으로 대화를 시작하고, 아이가 자기 생각을 편하게 말할 수 있도록 유도했다.

이런 작은 연습들이 쌓이면서 아이는 점점 더 다양한 표현을 사용해 감정을 드러내기 시작했다.

부모와의 대화는 아이의 언어 습관을 형성하는 데 큰 영향을 미친다. "이렇게 말해야 해"라고 지시하는 것만으로는 한계가 있다. 부모가 먼저 긍정적인 언어 습관을 보여주는 것이 중요하다.

화가 날 때도 아이에게 상처를 주지 않으려 노력하고, 아이가 실수를 해도 비난하기보다는 함께 해결 방법을 찾으려는 태도를 보이는 것이 필요하다.

언어는 반복되는 습관 속에서 자리를 잡는다. 아이와의 대화 역시 작은 노력들이 쌓여 점점 더 성장해 간다.

부모와 아이가 함께 만들어가는 언어 습관은 단순한 소통의 도구를 넘어 서로의 관계를 형성하는 힘이 된다. 우리는 일상 속에서 화가 날 때, 기쁠 때, 속상할 때 어떤 말로 감정을 나누는지 배우고 가르친다.

욕설과 나쁜 말은 단순히 금지해야 할 것이 아니라, 더 나은 표현으로 대체될 기회가 될 수 있다.

아이에게 물려줄 최고의 유산은 물질적인 것이 아니다. 건강한 언어 습관과 타인을 존중하는 태도다. 매일의 대화를 통해 서로의 마음을 이해하고, 함께 성장해 간다.

앞으로도 나는 아이와의 대화를 소중히 여기며, 작은 말 속에 담긴 힘을 잊지 않을 것이다. 아이가 자라면서 어떤 상황에서도 자신을 존중하고 타인과 자연스럽게 소통할 수 있도록, 나는 그 길을 계속 함께 걸어갈 것이다.

# 말을 왜 그렇게 해?

**초판 1쇄 발행** 2024년 11월 14일

**디자인** 엄지언
**발행처** 비책
**이메일** becheck1995@gmail.com

**정가** 17,000원
ISBN 979-11-988051-2-6 03800